思い出の修理工場

回憶修理工廠

石井朋彥

王蘊潔／譯

推薦序

莫忘初心，勇敢前行

知名動畫導演・紀柏舟

回憶到底是什麼？是人生曾經出現的足跡？是過去經驗的束縛？還是值得珍藏一輩子的思念？抑或只是無意義的浮光掠影呢？回憶的題材，是創作人始終深藏不墜的高分命題，在古往今來的無數的作品中，不斷被反覆咀嚼與探討。回想起來，我的第一部動畫作品《回憶抽屜》正是討論回憶的意義。因此，本次受邀為小說《回憶修理工廠》撰寫序文，感到特別的親切和懷念。此外，本書作者石井朋彥出身於世界知名的吉卜力工作室，更曾參與過動畫之神——宮崎駿的經典名作《神隱少女》、《霍爾的移動城堡》等製作，對於同為動畫創作者的我更加深了吸引力。

細細品嘗《回憶修理工廠》，它是一部溫暖療癒、帶有豐富奇幻想像的作品。雖以回憶為名，但內容也保有著如同吉卜力一貫的特色與精神——冒險與成長的主題。故事的主人翁——小女孩琵琵，從小最愛與慈祥的外公相聚，但外公離去之後，她受到了貴族女孩的霸凌，更弄壞了外公唯一遺留的遺物。「越重要的事物壞掉了，越無法輕易地恢復原狀」，琵琵有些孤單、有些悲傷，無意之中遇到了來自異世界的朋友，就此打開了櫃子背後神秘的縫隙，展開了一場精采的探險。她在奇幻、絢麗以及異常工整與執著規則的工匠國度中，琵琵重頭學習有關物件修理的堅持、找尋回憶初衷的同時，更追尋著外公的步伐，一步一步朝著匠人之路邁進。

《回憶修理工廠》中的許多故事元件，不僅充滿了天馬行空地的創意色彩，更兼顧了溫暖而發人省思的寓意。例如：琵琵初次到陌生國度，為了生存，必須在回憶工廠中證明自己能夠工作，一位小女孩害怕卻仍鼓起勇氣前行的姿態，令人不自覺地想為她加油；城鎮中出現的三名黑色代理人形象，象徵著現代資本主義社會裡的各種陰謀與詭詐；還有令人印象深刻的馬丹姆，白天是小女孩，中午是漂亮的小姐，到了晚上就變成老婆婆，更與《霍爾的移動城堡》裡的蘇菲有異曲同工之妙，各式各樣表徵的背後，都充滿著各種奇想與隱喻；而那十二條會隨著城鎮齒輪輪轉而銜接上的道路，除了不同的風景路線，也彷彿暗示著不同命運轉盤與歸宿。值得一提的是，作者安排用琵琵所處的眞實世界，以二次架空的手法來隱喻現代世界的現實面，讓人感到一絲的憂傷與無奈，也讓本書除了天眞的童話格局之外，更增添了故事的立體與深度。其中最難能可貴的，是從整本書中不時傳遞出來的心意與純粹、溫暖與勇氣。這也是琵琵身為一個十歲小女孩最強大的武器，在最後關鍵的時刻，用溫暖的力量，喚醒了眾人的初心。

想起，是一種珍貴的能力。如同書中所說：若無法珍惜過去，就無法思考未來。所以，不論時光荏苒、時代科技如何演進，回憶之於人生的影響，都是不可取代的。那也是人之所以為人的珍貴原因。願每位讀者都能從《回憶修理工廠》中，得到生活前行的動力與勇氣，也永遠不要忘記，回憶曾帶給我們最珍貴的初心。

推薦序

記憶的力量

作家・陳曉唯

閱讀石井先生的書稿時，想起十多年前，某次前往拜訪日本友人，離去前看到從事業餘影評工作的友人父親正看著人物專訪的錄影帶。影片中受訪的是知名電影大師黑澤明，影片裡的黑澤明談到電影《七武士》的故事起源：「《七武士》也是啊，最初想描繪的其實是武士的一天，不過首先感到苦惱的如你所言，比如早上起床後吃些什麼，來到江戶都要去哪些地方，做些什麼事，晚飯在哪吃等等，全是些瑣碎的問題，由於無法找到資料考證，根本無從寫出劇本，苦惱之餘，我委託橋本君幫忙做調查[1]，最終依然找不著相關的資料，正如方才所說，愈是古老的東西愈容易找資料，而江戶時代的事卻反而找不著。不過在翻閱資料的過程中，我們找到這樣一段記載：『某個村子爲了抵禦野武士的襲擊而雇用了幾名武士，結果最終只有這個村子躲過了襲擊』，於是我們決定『就拍這個吧！』接著憑藉著自身的記憶與想像寫出了劇本，因爲那段記載實在太短了。」

1. 橋本忍，日本劇作家，為黑澤明的御用編劇。

因爲時間匆促，未能將整段訪問重新看過，直至多年後才知曉，那段訪問是由日本電視台（ＮＴＶ）所製作，當代電影大師黑澤明與動畫名導宮崎駿的對談紀錄。名爲對談，實爲請益，彼時宮崎駿因執導《天空之城》、《龍貓》、《魔女宅急便》等作品於國際舞台聲名大噪。同爲國際知名導演，電視台於黑澤明推出新作《一代鮮師》時安排二人進行對談。宮崎駿於訪談中談到，倘若有機會也想嘗試拍攝古裝歷史劇背景的動畫長片，唯因某些原因而躊躇不前。

宮崎駿說：「請容我說件較爲奇怪的事，我們這行是透過漫畫來創造世界，雖然影片完成了，但脫離影片後，人物在我們腦海裡卻已不再是漫畫，變成了一個活生生的眞人，之所以要將他們畫成畫，也是因爲有人要求我們去畫，別無他法，雖然本質上是藉由繪畫表現背景與創造萬物，甚至創造一個世界，但在腦海與記憶中，這些圖卻在後來全部都消失了，甚至還產生了某種錯覺，以爲他們不是實際存在的物體。」

黑澤明如此回答：「其實對於電影來說也是一樣的道理，比方說油井君[2]，他已經不是他自己了，而是成爲劇中的那個人物，所以在拍攝的現場我不會喊他的本名，也不讓別人喊……（略）然而，工作結束後便再也見不到這些人物了，但心中卻還殘留著與這些人物交往過的記憶。電影導演是一項神奇的工作，他們不斷與形形色色的人來往，透過這些記憶進行創作，但之後卻再也見不到這些人了，雖然演員能夠以不同的角色身份再次出現，但他們以前所扮演的人物卻再也無法出現在我們的面前。」

這一段導演與形形色色人物交往所形成的「記憶」之說，以及影片中談到的分鏡技巧、錄音方法、影像的畫面處理與關於《七武士》的創作歷程等內容，啟發了宮崎駿執導製作一九九七年發表的動畫長片《魔法公主》，最好的證據是身為吉卜力工作室製作人的鈴木敏夫曾於受訪如此說道：「這部作品就是宮崎駿向《七武士》發起的挑戰。」

然而，除卻技術性的部分，生命經驗與「記憶」的解構，甚或是重構，這些內容於宮崎駿的多部作品中都曾不斷地演繹與體現，也是令觀眾為之熟悉的技法。

「天下雜誌」於宮崎駿發表睽違多年的新作《風起》時做一段專題[3]，專題中引用了過去專訪宮崎駿時，宮崎駿談及的信念：「『只要相信，就有希望』，相信『早已遺忘的東西』、『未曾留意的東西』、『以為早就失去的東西』，這些事物到現在一定都還存在。」而專訪裡宮崎駿談到如何保有這些信念時，他說：「我每天都會去偷看幼稚園的小朋友在做些什麼，在這過程中，發現小朋友每天都在成長，這會帶給我創作時的勇氣與動力，我覺得這些小朋友其實是給大人們一些希望。」關於自己為何有此信念，於《守、破、離》一書的對談中[4]，宮崎駿對於「追根溯源」的解釋是：「從小，我就認為父親是個錯誤的示範，可是，我卻覺得自己跟他很像，那種雜亂無章的處事風格，與矛盾和平共處的態度，我都繼承了下來。」

2. 油井昌由樹，日本男演員，曾演出黑澤明執導之電影《影武者》、《亂》、《夢》、《一代鮮師》。
3. 〈宮崎駿：人生有逆風，但永不放棄希望〉，吳凱琳、沈婉婷，二〇一三。
4. 《守、破、離：日本工藝美學大師的終極修練》，葛維櫻、王丹陽、王鴻諒，二〇二〇。

「記憶」與生命經驗的「繼承」成了宮崎駿創作作品的緣起，而「希望」則是他對作品的期許，然而，「記憶」與「繼承」又是如何於作品中呈現成「希望」的模樣給觀眾？

日本傑尼斯團體「嵐」的成員二宮和也曾於《日本之嵐》中與宮崎駿有過一段對談[5]，對談裡宮崎駿談及對於「創作技法」的練習，他說：「影像製作的團隊中也有各種不同類型的人，童年時看電視長大的人，他們對於物品的觀察多數來自於影像。例如要他們畫火時，他們是去看動畫裡的火，倘若要他們去看眞正的火，他們則會回答：『沒有眞正的火。』於是我跟他們說，那就觀察這邊的火爐吧[6]，他們就這樣盯著火爐看了四個小時。他們從未曾見過眞正的火燄，這只是其中的一個例子，事實上還有許多類似的情況。」他又接著說：「時下的信息與影像泛濫，看似誰都能玩味，但他們所看到的並不是眞貨，因而，有些製作者所做的往往只是複製品的複製品。」

身爲吉卜力工作室的製作人，並曾參與多部作品的石井先生，不免深受宮崎駿的影響。於他的這部小說作品中卽能察覺諸多類似宮崎駿的思想脈絡，除了書名《回憶修理工廠》（思い出の修理工場）已明確彰顯出的「思い出」（回憶）外，對於角色人物與背景的設定，也與宮崎駿多數作品有著疊影般的和諧之感。這部作品所欲談論的，包含人類對於「記憶」與「技藝」的珍視，面對時代洪流與傳統價值的抉擇，生命經驗與記憶的解構，甚或是重構，乃至於信念般的意圖：對於「早已遺忘的東西」、「未曾留意的東西」、「以爲早就失去的東西」等，劇情裡看似「追根溯源」的部分，其實也是對於宮崎駿創作理念的一種「繼承」。整部作品的創作方式，亦是一種「觀察火焰」的過程，如何跳脫「複製品的複製品」？石井先生選擇以孺慕而純淨的凝視之姿，藉此書寫出這一部小說。

孺慕而純淨的凝視是艱難的，但於這部作品中卻凝鍊成童心的溫柔。童心是介於成人與兒童之間的，是人心裡共有的溫柔，此般的溫柔如同寫出知名童書《納尼亞傳奇》系列的英國作家C．S．路易斯，他本身是劍橋大學的教授，亦是一位基督教護教學家，這樣敏感的身分創作奇幻兒童文學，經常惹來諸多批判，但同時也有許多喜愛他的讀者。曾有許多人問他是怎麼寫出那些童書，寫出那些奇幻的劇情與對話，他回答：「因爲我也曾是個小孩。」

石井先生的作品裡，透過主角琵琵體現了「曾是個孩子」的凝視之光，連結的也與宮崎駿曾言的，他渴望帶給觀眾的「希望」極其近似。

「希望」與「遺憾」是一體兩面的，兩者皆深藏於記憶之中，於是故事裡，石井先生寫著：「人往往會把眞正的回憶藏在記憶的深處，卽使已經忘記了，仍然留在記憶深處。」深處的記憶透過生命旅途與其後的人生不斷地自我成長或修復，於是希望與遺憾逐漸融合，最終架構出這部作品核心：「不需要努力讓自己忘記這些不愉快的事，因

5.《ニッポンの嵐》，二〇一一。
6.「火」與「觀察火爐」的對談應為討論《霍爾的移動城堡》中角色卡西法（カルシファー）的創作起源。

爲即使想要忘記，也無法逃避，我們在一次又一次回想的過程中，可以慢慢修復這些記憶，有時候很短很短的時間可以修復，有時候需要很長的時間，但是，只要願意花時間，就可以把記憶變得美好。」

這是一部令記憶變得美好的作品，我們無法想像記憶裡不曾存在的事物，想像是一段路途，石井先生嘗試透過故事讓閱讀者走進記憶的路途，修復並治癒傷口，因爲他深知於記憶裡，即使時代動盪，萬物變遷，每個人都仍能找到自己的經緯，尋得安頓自身的力量。

回憶修理工廠

目錄

contents

歡迎來到「回憶修理工廠」。

在這家工廠內，手藝高強的匠人
會修理大家內心痛苦和悲傷的回憶，
變成美好的回憶——

十歲的少女琵琵交不到朋友，
外公生前是她唯一的朋友，
爲了修理外公留給她的遺物，
她闖入了神奇的「回憶修理工廠」。

回憶修理工廠的廠長滋奇是個神秘的人，琵琵在那裡還遇到了白鬍子領班爺頭，
和其他手藝高超的匠人。
蕾蒂・蜜絲・蜜賽絲・馬丹姆是個奇妙的女人，早上是少女，中午是大人，到了
晚上就變成了老婆婆。
她還認識了玩具博物館的館長艾魯涅，以及前往世界各地旅行的熊娃娃米夏。
孤獨的琵琵在這裡認識了朋友，找到了工作，
對活出自己產生了勇氣。

但是……琵琵原本生活的世界發生了重大事件。
有一群黑色代理人想要把人們的幸福變成金錢，
開始搶奪人們的回憶。
隨著人們漸漸失去回憶，
送來工廠的回憶也越來越少。
那些黑色代理人想要關閉修理工廠……

於是，琵琵和工廠的人就展開了一場冒險和戰鬥。

什麼是你最重要的回憶？

第一部 ◈ 再見和冒險的起點

第一章 想當匠人的女孩

本工房代客修理壞掉的玩具和道具。
凱瑟．修密特修理工房

老舊的黃銅招牌在小工房門口搖來晃去。

暮色降臨在這個有許多高大紅磚建築的城市，當地上的石板漸漸變涼的時候，隨著嘎的一聲，工房的門打開了，一個身穿綠色大衣的女孩把頭探進工房內。

女孩兩道彎彎的眉毛下，是一雙圓圓的大眼睛。小小臉蛋上的大嘴巴吐出的氣都變成了白色，長滿雀斑的臉頰紅通通，冒著熱氣。

她背著皮革書包，雙手抱著一個盒子，用肩膀頂住了門，身體擠進了門縫。

「呼！」

她鬆了一口氣。

眼前是一個差不多和她的頭一樣高的櫃檯，櫃檯後方的牆壁前是整理櫃。高達天花板的整理櫃中，彌漫著玩具和道具沉睡的鼻息，正在等待主人來迎接它們。

女孩躡手躡腳地走到櫃檯前，把盒子放在櫃檯上，然後定睛細看著櫃子和櫃子之間。後方是工房，堆滿了壞掉的東西。

油漆剝落的鐵皮玩具，無法使用的打字機，時間已經停止的掛鐘。磨損的皮包和鞋子都堆在一起，這個工房內宛如另一個時空。

她脫下大衣，躡手躡腳地走進工房，看到了木頭的工作桌。

天花板垂下的燈微微照亮了工作桌周圍，似乎有人坐在桌旁，但被堆滿桌子的文件和工具擋住了，看不到人影。

煤油暖爐發出了煤油加熱的滋滋聲。

女孩捂著嘴巴，以免發出聲音。正當她打算踏出一步時——

「琵琵，妳有沒有告訴媽媽？」

工作桌的另一端傳來一個低沉穩重的聲音。

這個叫琵琵的女孩聳了聳肩說：

「外公，原來你知道我來了……」

她嘆了一口氣，繞到工作桌的後方。

「你在修理什麼？」

聲音的主人是將一頭銀色長髮向後梳的高大老人，其中一隻眼睛夾著放大鏡。

他是工房的老闆凱瑟·修密特。

他穿了一件有好幾個大口袋的皮革背心，彎腰坐在一張已經磨損的皮革椅子上，拿著鑷子的手忙個不停。

琵琵瞪大了眼睛，長滿雀斑的臉頰變成了粉紅色。

工作桌上躺了一具鐵皮做的人偶。

那具人偶差不多有大人的手肘到指尖那麼大，鐵皮內露出了齒輪，手腳都可以活動。

「這是什麼人偶？」

「不能說是人偶，應該說是……機械人。」

外公坐直了身體，抱著雙臂。

「我覺得好像在哪裡看過……」

琵琵也學外公的樣子，抱著雙臂。

「妳覺得它是什麼？」

機械人的臉就像是一個倒放的雞蛋，右眼鑲了綠色的石頭，左眼鑲了藍色的石頭，兩隻眼睛中間的鼻子就像沙漏的流沙，兩片薄唇抿得很緊，看起來既像是男生，又像是女生。

「啊！」

琵琵用力伸直了一隻手。

「這是……廣場上鐘塔的？」

「沒錯，就是鐘塔上的活動人偶。」

「老師說，鐘塔太老舊，跑不動了，所以要拆掉。」

「沒這回事。那座鐘可以跑好幾百年，只要把齒輪擦乾淨，換掉磨損的零件就沒問題了。」

「原來是這樣。」

「天色已經黑了，有什麼事嗎？」

「啊！因爲我有東西想給你看。」

外公站了起來，瞇著眼睛，眼角擠出了很深的魚尾紋。一雙碧藍的眼睛溫柔地注視著琵琵。

「要先打電話給媽媽。」

工房深處傳來電話轉盤轉動的聲音。

琵琵目不轉睛地看著那個鐵皮機械人，機械人反射著電燈的燈光，發出淡淡的金色光芒，看起來好像在哭泣。

「竟然無家可歸了，好可憐……」

「！」

正當她這麼嘀咕時，機械人的脖子嘎答動了一下，轉向琵琵的方向。

琵琵嚇得後退，外公站在她的身後。

「好，等一下我送妳回家。妳要給我看什麼？」

「跟我來！」

琵琵牽著外公的手，拉著他來到櫃檯，一屁股坐在長椅上，雙手托著下巴，眼珠子骨碌碌地轉動著。

「你打開看看。」

外公把手放在盒子上。

外公的手指關節很粗，指甲很厚，沾到了很多油和顏料，一看就知道是匠人的手。

「喔。」

外公瞪大了眼睛看著琵琵。

外公打開的盒子裡有一個用木片和黏土做的房子，在畫圖紙上畫的庭院中，有一棟三角形的房子，黏土的樹上掛著纜車。

「這……做得眞好啊。」

「我在美勞課上做的，遇見精靈的家。」

「遇見精靈的家……嗎？嗯，太出色了。」

外公瞇起了眼睛。

「但是……大家都說很奇怪，還說誰都不會想要這種房子。」

「外公可不這麼認爲。」

「只有麗娜稱讚我。」

「市長的女兒嗎？」

「嗯。」

「麗娜做了什麼？」

「用程式操控的人偶，可以用平板電腦操作。」

「可以做出這種東西？」

「不是，有在賣，但很貴，麗娜說，她爸爸幫她一起做的，大家看了都大吃一驚。」

「但妳是自己一個人做的，對不對？」

「雖然是……」

「別人怎麼想不重要，重要的是，妳做的東西是不是能夠成爲對別人來說重要的東西……不是嗎？」

「別人是誰？」

「像是外公、爸爸、媽媽……還有朋友。」

琵琵低下了頭。

「我沒有朋友。」

「麗娜呢？她小時候不是經常來這裡玩嗎？」

「上了小學之後……她就不跟我玩了。」

「爲什麼？」

「因爲大家都說我……很奇怪。」

「這樣啊。」外公想了一下說，「琵琵，妳在這裡等一下。」

外公向琵琵使了一個眼色後，走回工房，然後把鐵皮機械人偶放在櫃檯上。

「琵琵，妳覺得它的臉看起來是怎樣的表情？」

外公坐在琵琵旁邊，把手放在她瘦小的肩膀上。

琵琵看著人偶的臉後回答：

「我覺得它看起來很悲傷。」

「是嗎？我覺得它在微笑。」

「是嗎……但是，大家都覺得我說的話很奇怪……所以可能外公說得對，它不是在哭，而是在笑。」

「不是這樣，既然妳覺得它在哭，它就是在哭啊。」

外公笑了笑說：

「它的名字叫菲力茲。」

「菲力茲……」

「琵琵，總有一天，會出現瞭解妳的朋友，在那一天之前，菲力茲就是妳的朋友。如果遇到難過和悲傷的事，妳可以告訴菲力茲。」

「不能告訴外公嗎？」

「外公當然希望妳告訴我，但是，在妳遇到願意傾聽妳訴說的朋友之前，外公也不在的時候，妳可以告訴菲力茲。」

琵琵輕輕點了點頭。

「外公。」

「什麼事？」

「你會有難過和悲傷的時候嗎？」

「當然有啊。」

「那種時候怎麼辦？」

「那就……等待受了傷的回憶變成美麗的回憶。」

「要等多久？」

「這就不知道了，可能要好幾年，也可能需要好幾十年。」

「這麼久……」

琵琵露出難過的表情，低下了頭。

「眞希望……不會有不開心的事和痛苦的事。」

外公摟著琵琵的肩膀，指著排放在櫃子上的人偶說：

「送來這裡的東西都有損傷，或是壞掉了，但都可以修好，所以受了傷的回憶有一天也會變成美好的回憶。」

「但是……只要想起不愉快的事，心就會很痛。」

「現在或許是這樣，但是，不需要努力讓自己忘記這些不愉快的事。因爲即使想要忘記，也無法逃避。我們在一次又一次回想的過程中，可以慢慢修復這些回憶。有時候很短的時間就可以修復，有時候需要很長的時間，但是，只要願意花時間，就可以把回憶變得很美好。」

「就好像外公花時間把東西修好一樣嗎？」

「對。」

「外公。」

「什麼事？」

「等我長大以後，我想要像你一樣當匠人。」

外公開心地笑了起來。

「妳一定可以，希望妳有朝一日，可以喚醒很多回憶。」

「嗯。」

琵琵把肩膀靠在外公身上，臉頰紅通通的。

✿

琵琵出生在這個名叫卡雷恩的城市。

這裡自古以來，就是一座工業城市，這裡的匠人製造出來的商品受到世界各地的好評，大家甚至說，「卡雷恩的破爛是全世界的寶」。

這個城市周圍有城牆，從城門開始延伸的街道通往四面八方，很久以前，這裡車水馬龍，人來人往。

但是，現在有好幾條車道的幹線道路連結了更大的城市，卡雷恩市只是大城市之間的一個點而已。

有一條河流由東往西貫穿了城市，河流南岸的舊城區好像迷宮般錯綜複雜，一到春天，花店和攤位會把各自的門口佈置得五彩繽紛。河流的北岸是一片灰色高樓的新城區。辦公大樓和購物中心林立，把行色匆匆的人們吸進去後又吐出來。

卡雷恩市以河流爲分界線，過去和現在就像是兩面對照的鏡子。

琵琵的外公凱瑟．修密特是專門修理壞掉的玩具和道具的名人，所有的匠人都很尊敬他。在這個城市，修理和製造同樣重要。

琵琵每天放學，都會跑去外公的工房。

有些東西壞掉後無法使用，外公就會把零件或配件拆下來，組合成全世界獨一無二的東西。

像是晚上走到冰箱旁，也完全不發出聲音的拖鞋；可以利用陽光做白煮蛋的碗；還有可以在半夜偷偷喝果汁，也不會被媽媽發現的雙底馬克杯。

那些壞掉的東西在外公的手上獲得重生，外公簡直就像在變魔術。

外公完成上午的工作後，就去市中心的鐘塔廣場散步。學校中午就放學的日子，琵琵也會跟著外公一起去散步。

廣場旁有舊教堂和市政廳，剛好位在連結舊城區和新城區的那座橋靠舊城區的橋畔，每逢週末，就聚集了很多人。

教堂的頂端是一座鐘塔，這座鐘塔也成爲卡雷恩市的象徵。

太陽形狀的大時鐘上方，有一顆代表白天和黑夜的天球閃閃發亮。每天正午，鐘聲響徹整個城市，鐘下面的小門就會打開，很多機械人偶列隊出現，聖人和天使的人偶會隨著風琴的音樂聲旋轉遊行。

廣場上的人都行色匆匆，但是，當機械人偶出現時，人們紛紛停下腳步，抬頭看向鐘塔。忙碌的城市只有在這一刻停下來短暫休息。

聖人的遊行結束後，就換小丑和熊爸爸、熊媽媽帶著小熊一起登場，留下輕快的節奏。無論男女老幼，都忍不住指著人偶露出笑容。

但是，幾乎沒有人發現最後那個獨自偏著頭，動作緩慢地追趕其他人偶的鐵皮小機械人偶。

那個人偶就是菲力茲。

半年前，某個春風很強的日子。

廣場上的時鐘在指向十一點五十九分時就不動了。那天之後，卡雷恩市的正午就再也聽不到鐘聲了。

琵琵得知時鐘壞掉時，曾經跟著外公一起來到鐘塔廣場。

麗娜的爸爸——墨勒諾市長拿著擴音器，大聲說著話。

『要把這座老舊的鐘塔修好，需要很多錢。目前本市正陷入財政危機。廣大市民將重要的預算交到我手上，我不能隨便亂花，所以會募集贊助者，換上最新型的時鐘，不浪費時間和金錢，才是最重要的事。鐘塔當然就捐給博物館……』

麗娜的爸爸每次聲嘶力竭地高喊時，擴音器就發出好像悲鳴般的聲音，鑽進琵琵的耳朵。

外公一直抬頭看著鐘塔，好像聽不到市長說話的聲音。

✿

外公把菲力茲送給了琵琵，沒想到過了一段時間的某一天，外公去世了。

琵琵不記得外公去世前後的事。

雖然聽爸爸和媽媽說，當時琵琵也在外公身旁，但她每次努力回想，就會覺得頭暈眼花，妨礙她在記憶中翻找。

她只記得自己哭得泣不成聲，不停地打嗝，所以葬禮時，她一個人留在家裡。

放學回家的路上，琵琵走去鐘塔廣場。

教堂巨大的影子投在石板路上，鑲嵌玻璃反射的光斑在石板路上嬉戲。豎起大衣領子經過廣場的人，沒有一個人為外公的死感到悲傷。

琵琵抬頭看著鐘塔，發現半開的小門後方，以前那些每天只能看到一次的人偶因為風吹雨打，全都變得髒兮兮，看起來好像在流淚。

來往的行人完全沒有發現這件事，經過廣場時都低頭看著手機螢幕。

「琵琵……妳今天一個人嗎？」

琵琵回頭一看，一個戴著貝雷帽的矮個子男人拿著長刷子站在那裡。照理說，他應該比十歲的琵琵高，但他駝著背，簡直就像腦袋長在膝蓋上。

「莫利先生……」

「凱瑟……還好嗎？最近好久沒看到他了……」

莫利是教堂管理員，他沉默寡言，不擅長和人交談，有人覺得他是怪人，但外公經常說，多虧了莫利，廣場才會這麼乾淨，所以每次遇到他，都會向他道謝。

「對了……之前請凱瑟幫忙修的燭臺，都一直忘了去拿。」

莫利向來很珍惜東西，所以經常去外公的修理工房。

外公總是對著那些壞掉的東西說「嗯，還可以用」、「這個有點傷腦筋」，然後在轉眼之間就修好了。

莫利總是露出像少年般的眼神注視著外公那雙關節粗大的手。

但是，他請外公修理燭臺已經是很久之前的事了。

莫利似乎忘了外公去世這件事。

「那就改天見了……代我向凱瑟問好。」

莫利說完，抬頭看著鐘塔，走去教堂後方的管理員小屋。

「不知道什麼時候會再走……」

他小聲嘀咕著。

淚水從琵琵的眼中流了下來。

當琵琵那雙被淚水模糊的雙眼重新恢復清晰時，她看到三個身穿黑色西裝的男人站在面對廣場的市政廳前。

雖然那三個男人有人類的外形，但輪廓很模糊。當她想要定睛細看時，眼睛好像快看不到了。三個男人都拎著黑色皮包，發出暗暗的光，腳上都穿著尖頭皮鞋。

站在中間的那個人對著一個發出藍光的四方形手錶說話。右側的男人拿著相機，正在拍攝周圍的情況。左側的男人操作著平板電腦。

「那幾個人是怎麼回事……？」

琵琵感到腳下不寒而慄。

那三個男人抬頭看著市政廳片刻，最後消失在人群中。

第二章 修理工廠的造訪者

琵琵的媽媽不太喜歡整天在工房內工作的外公。

因爲媽媽從來沒有小時候，外公曾經陪她玩的記憶，所以她感到很寂寞。

「我長大以後，想要成爲像外公一樣的匠人。」

琵琵不會忘記當她說這句話時，媽媽臉上的表情。

媽媽露出發自內心悲傷的眼神說：

「琵琵，女生不可以成爲匠人。」

那天之後，琵琵不再對媽媽說自己的想法。

媽媽嫁給一個和外公完全相反的人。那個人就是琵琵的爸爸。

因爲媽媽是獨生女，所以爸爸改了姓氏，他們全家都姓修密特。

爸爸在市政廳上班，三不五時得意地告訴大家，他是在十一月十一日十一點十一分十一秒誕生在這個世界上。

「守規矩、準時是最重要的事，絕對不可以睡懶覺或是發呆，更不要說遲到了。只要每天早上安排好一天要做的事，然後按照計畫行動，每天的人生都會很充實。」

爸爸每天都在相同的時間起床，用相同的動作喝咖啡、吃歐姆蛋，加番茄醬的方向也都固定不變。爸爸說，直直地畫一條線的距離最短，但琵琵覺得把番茄醬在歐姆蛋上畫圈圈更好吃！

琵琵曾經問爸爸：

「爸爸，你在十一月十一日十一點十一分十一秒出生，那十一分十一秒是你頭出來的時間？還是腳出來的時間？」

爸爸一臉無奈的表情回答說：

「妳怎麼會想這種無聊的問題？這種事不重要，妳應該思考如何才能朝向目標前進，有計畫地度過自己的人生。」

「琵琵，眞不知道妳像誰，千萬別像妳外公！」

這句話是媽媽的口頭禪。

爸爸和媽媽以前日子過得比較輕鬆，假日會去公園，或是開車出遠門。

自從鐘塔上的時鐘停擺——墨勒諾市長提倡「改革」之後，他們就變得很焦慮，工作也越來越忙。

琵琵雖然不太懂「改革」是什麼意思，但爸爸媽媽經常說，工作方式必須改革，工作時間要改革，所以她猜想「改革」應該就是改變以前習以爲常的事。

「工作時間太長了，要杜絕加班。」

「每個人的工作壓力太大了，必須增加人數，管理勞動時間。」

市長說，改革可以讓城市更富裕，每個人可以更悠閒、安穩地生活。

但是，琵琵覺得改革之後，爸爸和媽媽的心好像去了遠方。

琵琵知道爸爸和媽媽很疼愛她，但她總覺得爸爸和媽媽根本不瞭解她眞正的想法。

每當她獨自感到孤獨時，就會對菲力茲說話。

「菲力茲……我好想外公……」

鐵皮人偶總是露出悲傷的表情看著琵琵。

⚙

有一天放學後。

「琵琵，可以跟妳說幾句話嗎？」

同班同學麗娜叫住了她。

麗娜無論在任何方面都和琵琵完全相反。她是墨勒諾市長的獨生女兒，住在新城區的高樓公寓。她是個小美女，總是打扮得漂漂亮亮，功課很好，大家都很喜歡她。她總是有很多新的人偶和新的遊戲，女生都想和麗娜當朋友。

「妳放在書包裡的……那個是什麼？」

麗娜指著從琵琵書包裡露出腦袋的菲力茲問。

外公去世之後，琵琵隨時都把菲力茲帶在身上，上學的時候就放在書包裡。

「沒什麼……」

琵琵低下頭，想從麗娜身旁走過去。

「好奇怪的人偶，妳在哪裡買的？」

麗娜的那些跟班都圍著琵琵。

「琵琵，妳最近都不愛理人。」

「妳是不是整天都去妳死去外公的工房？」

琵琵每天放學，都謊稱和同學一起玩，其實傍晚之前，都在外公的工房內。

麗娜故意露出難過的表情，學大人的語氣說：

「大家等一下，她的外公去世了，這樣說她太可憐了。而且我爺爺也認識琵琵的外公。」

「妳爺爺認識琵琵的外公？」

「對。」

「但是妳爺爺不是早就不當匠人了嗎？」

「對啊。」

「老師說，匠人很快都會失業。」

「那些老古董修理匠人還在囂張嗎？」

「難怪這個城市無法進步。」

對啊對啊！這些大聲說話的聲音刺進了琵琵的耳朵。

麗娜心滿意足地巡視所有人後，把手放在琵琵的書包上。

「快嘛，讓我看一下。」

琵琵搖了搖頭，反手想要遮住書包。

「怎麼樣？不是叫妳讓我看一下嗎？」

麗娜的聲音頓時變得冰冷，讓人聽了心裡發毛，其他女生都圍住了琵琵。

建築師的女兒個子很高，用力抓住了琵琵的手臂。廣告店老闆的女兒是個馬屁精，她從琵琵的書包裡搶走了菲力茲。

「還給我！」

琵琵大叫一聲，連她自己也被自己的大聲嚇了一跳。麗娜的跟班都嚇了一跳，後退了一步。

「幹嘛？噁心死了，竟然爲這種破人偶生氣。」

麗娜裝腔作勢地向前一步。

「如果想要我還給妳，就來拿啊。」

廣告店老闆的女兒把菲力茲丟給精明的銀行家女兒。

琵琵就好像玩躲避球時，只剩下她一個人在球場上，一下子跑到左邊，一下子跑去右邊，想要把菲力茲拿回來。

菲力茲落入了麗娜手上。琵琵央求她還給自己，麗娜把菲力茲丟向高空說：

「好啊，還給妳！」

菲力茲就像被吸進太陽一樣飛了起來，琵琵追著菲力茲跑了起來。筆在打開的書包裡發出嘎答嘎答的聲音。

「啊啊！」

琵琵的腳被石板絆倒了，她的臉重重地撞在地上。鼻子疼痛不已，嘴裡一股鹹鹹的鮮血味道。

遠處傳來菲力茲掉在地上摔破的聲音，接著又聽到了貨車駛過的聲音。

「啊啊，都已經還給妳了。」

「太蠢了！都怪她自己！」

一群女生笑了起來。

琵琵之後的記憶就像被漆黑吞噬了。

當她回過神時，發現外公留給她的回憶被碾得粉碎，曾經是菲力茲的東西散落一地。

琵琵忍著淚水，撿起每一個零件，用上衣包了起來。

琵琵拖著受了傷的腳，走去外公的工房。

平時她總是直直走向工房，但今天步履蹣跚，走起路來搖搖晃晃。

失去了主人的工房大門深鎖，遮雨窗也都關了起來。

琵琵把上衣放在玄關的地上，把手伸進了信箱。外公在信箱後方做了雙層設計，把鑰匙藏在那裡，讓琵琵隨時可以進去工房。

打開門，門發出了吱呀的聲音，灰塵和霉味撲鼻而來。

琵琵用手摸到了電燈開關一按，噹……的一聲，電燈照亮了櫃檯。積了灰塵的人偶在櫃子裡凝望著遠方。

工房內依舊堆滿了外公留下的道具和各種東西。

琵琵把抱在手上的上衣放在工作桌上，就像斷了線的傀儡一樣用力坐了下來。真希望在廣場上發生的事只是一場夢……她閉上了眼睛。

她用顫抖的手打開了上衣。最先看到了菲力茲的手臂，手臂斷了，原本勾勒出美麗曲線的身體歪了，根本不知道原本的發條要怎麼裝上去。

腦袋離開了身體，綠色的右眼不見了，只剩下一隻藍色的眼睛哀傷地看著琵琵。

琵琵拿起鉗子，想要把菲力茲歪掉的脖子扳直，但鐵板很硬，根本扳不動。

她懊惱皺著臉，淚水又撲簌簌地流了下來。

「菲力茲……對不起……對不起。」

琵琵哭累了，就趴在工作桌上睡著了。

✲

嘎答嘎答嘎答嘎答……

琵琵聽到異樣的聲音，立刻睜開了眼睛。

她最先看到灰塵從天花板掉落下來，反射了燈光，閃閃發亮，簡直就像是雪花飄舞，所有的櫃子、架子都微微搖晃。她想坐起來，但身體無法動彈。

在搖動之間，聽到了奇妙的聲音。

「……問題、很複雜……」、「凱瑟……」、「搞什麼嘛，我在趕時間……」。

琵琵右手的指尖可以稍微活動，她就像撕開黏住的海苔一樣，慢慢動了動食指，然後大拇指也用力。最後抬起頭，看向聲音傳來的方向。

當她定睛一看，發現有一個奇妙的影子在晃動。

那個影子雖然是人的外形，但比正常的人小了一圈，簡直就像在繪本上看到的小鬼。小鬼外八字腳，手腳又細又長，只有肚子鼓鼓的。

他打開整理櫃的門，把腦袋伸進去，唸唸有詞地說著「沒有」、「不是這個」、「不對」——他好像在找什麼。他不時抱著雙臂，用力抖著腳，琵琵這才發現，剛才是因爲他的抖腳，所以整個工作室在搖晃。

不可思議的是，琵琵並沒有感到害怕。她經常做夢，所以覺得眼前發生的事，應該是夢境，或者是夢境和現實之間所發生的事。

夢應該很快就會醒了，但小鬼並沒有消失。

她坐了起來，椅子發出了咯吱的聲音。

「嗯？」

小鬼停了下來，看向琵琵的方向。

琵琵瞪大了眼睛。

因爲小鬼和琵琵差不多高，但有一張成年男人的臉。

他的大蒜鼻上戴了一副圓形眼鏡，一雙大眼睛骨碌碌地轉動著。眉頭深鎖，好像有一個握緊的拳頭。右側嘴角用力揚了起來，看起來既像在笑，又像在生氣。

小鬼瞇起眼睛看著琵琵，但隨即哼了一聲，再度面對整理櫃。

「請問……」

小鬼停了下來，把腦袋轉向琵琵。

「妳……看得到我？」

當他把大肚子轉過來的瞬間，立刻發出一聲短促的慘叫聲，當場蹲了下來。

「好痛、好痛，我的腰好痛！」

琵琵愣在原地，小鬼左手撐著腰，右手向她招手。

「過來！妳過來這裡！」

「啊……」

「動作太慢了！」

琵琵跑了過去，小鬼挺著腰對她呻吟：

「這裡，妳幫我按這裡。」

琵琵戰戰兢兢地用大拇指按著小鬼的腰骨。

「好痛！啊，好痛！妳很會按嘛，啊，再往右一點，不，好像要往左？對，就是那裡，就是那裡。」

小鬼背上的肉很厚，琵琵有點按不太動。

「你在這裡幹什麼？」

「啊，好痛！好痛好痛！我來找凱瑟，但他好像出門了，我來拿之前請他修理的東西。」

小鬼似乎是外公的朋友。琵琵忍不住放鬆了按摩的力道。

「用力點！」

小鬼立刻大叫起來。

「凱瑟去旅行了嗎？他也沒有在記事本上回覆！」

「外公他……」

「嗯？」

「外公……去世了。」

小鬼的身體突然垮了下來。

「這樣啊……難怪。」

小鬼揮了揮手，示意琵琵「不用按了」，然後站了起來，伸直了身體，似乎在確認腰的狀態，露出凝望遠方的眼睛嘀咕說：

「問題很複雜。」

琵琵說出了一直不想說出口的事，內心很難過。

「凱瑟是什麼時候去世的？」

「對不起……我不記得了。」

「爲什麼？」

「因爲我失去了外公去世時的記憶。」

「失去了記憶？」

「對……」

「妳是誰？竟然可以看到我。」

「我……我叫琵琵，是外公……凱瑟．修密特的外孫女。」

「喔喔，」小鬼用拳頭敲了另一隻手的手掌問，「那妳在這裡幹什麼？」

「我在……」

「在幹什麼？有話快說。」

「我想修理這個人偶。」

「喔喔！是凱瑟給妳的？」

小鬼探頭看著菲力茲，抱著雙臂。

「嗯，不愧是高手……太厲害了，但爲什麼會變成這樣？」

「……被人弄壞了。」

「嗯，看來問題很複雜。」

「請問……你和外公……？」

「嗯，我們是老交情了。太遺憾了，看來問題很複雜。」

小鬼皺著眉頭思考了一下。

「啊！慘了！我還有下一個行程。那我就先走一步。再見。」

小鬼揮了揮手，走向工房深處。

「請問！」

「什麼事？」

小鬼雙手扶著腰，把腦袋轉過來問。

「你認識外公嗎？」

「我討厭別人問相同的問題。」

「呃……請問，你是外公的朋友嗎？」

「朋友？哼！我們的關係才沒有這麼簡單，如果硬要說的話，應該說是盟友——這樣形容比較正確。」

「你也是……匠人嗎？」

「妳問的問題都很無聊，如果認眞回答妳的這些問題，天都要黑了。我不是匠人，我的工作是把凱瑟和爺頭修好的東西送回原來的主人手上。說起來，凱瑟、爺頭和我就像是合夥人，不，應該說曾經是合夥人。嗯，問題很複雜。」

「爺頭？」

「妳眞的什麼都不知道！沒想到竟然不認識爺頭！」

小鬼用鼻孔噴著氣，轉動著脖子，發出了喀喀的聲音，然後看著琵琵說：

「爺頭是亞細德加工作所的老闆，在這個世界，是無人不知的匠人。」

「這個世界？」

「在妳看來，就是那個世界。」

「爺頭……是匠人嗎？」

「他負責管理匠人，他的工作就是督促那些匠人按照交貨期完成工作。爺頭本身當然也是無人能及的匠人，只有妳外公能夠和爺頭一較高下。」

工房嘎答嘎答搖晃起來。因爲小鬼又開始抖腳。外公留下的道具和零件都快從櫃子上掉下來了。

「你是誰？」

「在問別人的名字之前，要先說自己的名字。」

我剛才已經說過了……雖然琵琵這麼想，但又說了一次自己的名字。

「對不起……我叫琵琵．修密特。」

「不要馬上道歉。隨隨便便把對不起、抱歉掛在嘴上，在重要的時候就無法道歉了。」

琵琵差一點又說對不起，但好不容易把話吞了下去。

「我的名字叫滋奇。凱瑟是很出色的匠人，眞的太遺憾了，看來問題很複雜。」

「問題很複雜」似乎是滋奇的口頭禪。

滋奇抱著雙臂，嘀嘀咕咕自言自語起來。

「接下來該怎麼辦？」「要怎麼告訴爺頭」「交貨期沒問題嗎？」……

琵琵看著工作桌。

受了傷的菲力茲在燈光下，好像在聽他們說話。

「滋奇先生。」

「什麼事？」

「這個人偶是外公送給我的，請問……」

「怎麼樣？有話快說。」

「爺頭……會不會幫我把壞掉的人偶修好？」

「我不知道，這得問爺頭。」

「是……」

琵琵不知道該說什麼，低下了頭。

「妳想把它修好嗎？」

「對。」

滋奇看著琵琵的眼睛。琵琵想要移開視線，但努力克制住了，也看著滋奇的眼睛。

滋奇笑了笑說：

「妳跟我來。如果妳想把它修好，自己動手就好。」

說完，他一轉身，張開外八字的雙腳走了起來。

「喔，好！」

琵琵慌忙用上衣把菲力茲包了起來。

但是，到底要去哪裡？眼前只有牆壁前一整排櫃子。

滋奇站在櫃子前，把大拇指和食指放在眉間，低下頭，好像在思考。

「請問……」

「別說話！」

滋奇伸出一隻手，制止琵琵繼續說下去。

「啊！」

琵琵驚叫起來。

因爲工房後方的櫃子從正中央分開，然後像門一樣向後方打開了。

「呼！」

滋奇嘆了一口氣說：

「走吧。如果不回想通往那個世界的路，路就不會出現。」

說完，他走進櫃子之間。

櫃子後方是很長的和緩階梯。

滋奇外八字腳的前端消失在黑暗中。

滋奇轉過頭，看到琵琵一臉不安的表情，挑起了眉毛。

「怎麼了？妳第一次看到嗎？」

「對。」

「原來是這樣，原來凱瑟以前沒有告訴妳有這條路。」

滋奇走下階梯，一路嘀嘀咕咕。

走了很久，還是看不太清楚滋奇的背影，前方仍然是一片黑暗。

琵琵越來越不安。

「對不起。」

「我剛才不是說了，要改正馬上向人道歉的習慣嗎？」

「喔……嗯，滋奇先生。」

「什麼事？」

「請問還要多久？因爲如果時間太晚，爸爸和媽媽……」

爸爸和媽媽應該爲自己這麼晚還沒回家感到擔心。

「不必擔心，那裡和這裡的時間不一樣。」

「時間……？」

「很快就到了，妳再忍耐一下。這裡……不，已經走了一半，所以要說那裡？不光是妳，那個世界的人滿腦子都想著以後的事，但其實誰都不知道以後的事。」

琵琵覺得腦袋裡的思考好像在打轉，無法好好思考。

既然他說已經走了一半，就代表再走和剛才一樣長的路就到了。

滋奇好像可以看到琵琵腦袋裡的想法，對她說：

「當知道目的地時，就會感覺很快就到了。相反地，如果不知道目的地，就會覺得路途很遙遠。尤其是感覺累的時候，更是這樣。這種時候，就不要去想以後的事，只要慢慢地、一步一步往前走就好。」

琵琵覺得腳很痛，無法再繼續走的時候，滋奇的肩膀前方，出現了四方形的亮光，好像是出口。

第三章 ◎ 齒輪廣場「槓骨」

「走了不少路吧。」

滋奇轉頭對琵琵說。

「走著走著，我的腰好多了。」

走過四方形亮光，來到一片巨大的三角形空間。

左右兩側的牆壁斜斜地向天花板方向延伸，從天窗灑進來的陽光照在地板上，好像一條長長的地毯。

「不要發呆！趕快跟上來。」

這片陽光地毯差不多有兩個小學游泳池那麼長。

左右兩側有木製的椅子，走到一半左右，椅子的方向改變，面對面排放在那裡。

滋奇的背影好像漸漸融入了陽光中，琵琵緊跟著他。

這棟建築物面對一個巨大的廣場。

剛才明明沿著很長的樓梯往下走了很長一段路，但太陽高高掛在天上。

廣場周圍的建築物的牆壁都漆成了粉紅色、藍色和綠色，五彩繽紛的鮮花在白色窗框下恣意綻放，爭奇鬥豔。

許多人在廣場上來來往往。

應該說……他們只是很像人類。因爲有些人看起來很奇特。有的女人手腳就像樹枝一樣，也有的男人高大得像很大的原木，必須抬頭才能看清楚他的臉；還有女人的耳垂像臉一樣大，另一名紳士的鼻子像吊鐘，而且留著濃密的鬍子……

琵琵忍不住停下了腳步，滋奇回頭斜眼看著她說：

「妳不是在做夢。對我來說，妳的世界的那些人才奇怪。」

他笑著說完後，穿越了廣場，走向一條大馬路。

這個世界的人在餐廳內吃著琵琵從來沒有見過的食物，喝著五顏六色的飲料談笑風生。

廚房內掛著大塊的肉，人影忙碌地動來動去。咚！咚！剁東西聲音讓琵琵嚇得縮成一團。

家具店是用透明的玻璃做的；在好像樹洞般的建築物中，是一家長滿植物的花店；有一家店將會不斷變色的液體裝在瓶子裡販售……琵琵的目光忍不住被吸引，腳步也放慢了，差一點看不到滋奇的背影。

「先在這裡等一下。」

滋奇舉起右手，停下了腳步。

「咦……？」

琵琵用力揉著眼睛。因爲她發現剛才筆直的路，現在看起來好像出現了一條岔路。

「這裡稱爲楨骨，就是齒輪的意思。」

「該不會……它會動嗎？」

「只有中心的部分在動，必須等待自己要去的那條道路出現，才能離開楨骨。等一下第二條路才是去工廠的路。」

「城市的中心在轉動，然後和外面的道路連在一起嗎？」

「沒錯。」

第一條路緩緩從他們面前經過。

道路兩旁種著白楊樹，後方的噴泉噴著水。路上的行人穿著禮服和參加派對的套裝，撐著陽傘，優雅地走在林蔭道上。

「哼，大白天就這麼悠閒。」

滋奇似乎並不喜歡走在林蔭道上的人。

「廣場要怎麼轉動？」

「我剛才不是說了嗎？是靠齒輪，地底深處的齒輪在轉動。」

「如果要和別人約見面的話怎麼辦？」

「這種事，船到橋頭自然直。妳聽好了，我最討厭一直說相同的話。只要我說過一次，妳就要記在腦袋裡。記在腦袋裡最重要。」

「好。」

「我們等一下要去工廠，至於要不要留在那裡工作，由妳自己決定。」

「在那裡工作？」

「當然啊，難道妳以爲爺頭會輕易答應幫妳修妳外公留下來的遺物嗎？」

琵琵抱著上衣的手忍不住用力。

在工廠工作？這是怎麼回事？難道必須在工廠工作，才能修好菲力茲嗎？

轟隆——隨著低沉的聲音，第二條路和他們剛才走過來的那條路連在一起了。

「槓骨轉一圈的時間在妳所生活的世界剛好是半天，總共有十二條路。妳還有其他想問的問題嗎？」

「爺頭……的工廠就在前面嗎？」

「那是爺頭和我的工廠，沿著這條路直直走，就是我們的亞細德加工作所。」

滋奇露齒一笑，邁開外八字的雙腿走了起來。

道路兩旁都是紅磚建築的工廠。

這裡的匠人揮汗如雨地製造著各式各樣的東西。家具、日用品、玩具和皮革工藝品。隨著削木頭的聲音，聞到了木屑的味道，敲打金屬的乒乒乓乓聲音響徹天際。

「這條是漢德威克街——就是匠人街。這裡使用的所有東西，幾乎都是在這裡製造的。」

走了差不多數百公尺，路的盡頭有一道石牆，石牆後方聳立了好幾座高塔。

他們向左轉，沿著石牆的左側走了一段路，前方出現了一棟又矮又寬的建築物。白色的牆壁上方是橘色的屋頂，有一半牆壁爬滿了蔓藤，感覺整棟建築物都會被拉進地面。

「我們到了。」

滋奇站在一道差不多有琵琵身高三倍的大門前。

「這就是我們的亞細德加工作所。」

走進對開的大門，是一個巨大的挑高大廳。

走廊在頭頂上交錯，穿著連身工作服的匠人匆匆地走來走去。那些匠人的工作服大部分都是藍色或是黃色，其中也有幾名穿著紅色連身工作服的年輕匠人。

「滋奇先生，你回來了。」

腳下傳來說話聲。

一個臉長得像老鼠的男人抬頭看著他們。

那個男人的身高還不到琵琵的膝蓋，他立正站好，挺直身體，腋下夾了一疊紙。

「羅諾，我回來晚了。」

「因為你遲遲沒有回來，我還在擔心呢。這位是？」

「她是凱瑟的外孫女。很遺憾，凱瑟去世了。」

「竟然……」

那個名叫羅諾的老鼠男露出了悲傷的表情。

「太可惜了……妳外公是很出色的匠人。」

琵琵難過得低下了頭。

「爺頭呢？」

「他在工房，他才剛吃完飯。」

「這麼早就吃飯了？」

「對，因爲如果不抓緊時間，就趕不上交貨期了。」

「也對。好，那我走了。」

「啊，滋奇先生。」

羅諾叫住了滋奇。

「怎麼了？有什麼事嗎？」

「又被退貨了，你看，這麼多。我以爲寄錯了地址，所以核對了帳冊確認，但收件地址並沒有寫錯。」

滋奇接過一疊紙，眼珠子左右轉動著看了起來。

「嗯，問題很複雜。」

滋奇自言自語地說完，邁開了步伐。琵琵對一臉還想說什麼的羅諾鞠了一躬，跟上了滋奇的腳步。

大廳的中央是電梯，同時也發揮了柱子的功能。從柱子的鋼骨之間，可以看到鐵纜和齒輪。

「別慢吞吞的，快點！」

滋奇走進電梯，立刻轉頭大叫了一聲。

「喔，來了！」

琵琵衝進電梯的同時，電梯門就關了，隨著齒輪嘎隆嘎隆的咬合聲，電梯開始緩緩上升。顯示最頂樓的燈亮了起來，鐵製的箭頭慢慢轉向那個樓層。

琵琵隔著圓形小窗戶向外張望。

幾個穿著黃色連身工作服的年輕匠人在圖紙前熱烈討論。一名老匠人獨自坐在椅子上沉思的身影，從上而下，一閃而過。

「凱瑟的外孫女。」

「啊，是。」

「妳剛才說……妳不記得凱瑟去世時的事。」

「對。」

「所以，妳也不記得凱瑟最後修理的東西，對不對？」

「對，我不知道，對不起。」

「妳不必道歉。」

滋奇似乎在想什麼事。

頂樓位在挑高天花板的上方。

電梯門一打開，就看到了鋪著紅地毯的走廊。天花板垂下來的燈光照在地毯的長毛上。

「走囉。」

滋奇快步走在走廊上。

左右兩側的牆上掛著很多畫框。畫框內是有鳥翅膀的飛機，還有手腳關節像蜈蚣的機器人，以及用螺旋槳飛行的巨大城市——

「哇……」

「不要發呆，爺頭脾氣很暴躁。」

走廊盡頭有一道木門。

「那裡就是爺頭的辦公室。」

那是用一整塊木板做成的兩扇門扉，上面雕刻著樹木。扎根大地，穿越雲層，長向高空的樹枝上結了月亮和星星的果實。

「妳要自己進去，我還有其他事要忙。」

「什麼？你……不陪我進去？」

「對，因為問題很複雜，和爺頭說話，就會沒完沒了。」

「這……」

「和爺頭說話時，不要說廢話。那就後會有期。」

滋奇轉身大步離開了。

琵琵轉身面對那道門，用力吞了口水，然後敲了敲門。

門內傳來一個比她想像中更高亢的聲音。

「進來。」

琵琵因爲緊張，整張臉都鼓了起來。

她重新抱緊上衣，用肩膀推開了門，走了進去。

辦公室內白煙瀰漫，感覺好像走進了霧裡。

牆邊有一整排老舊的書籍，中央有一張綠色的沙發，桌子上堆了很多書籍。

「妳是誰？」

琵琵察覺到人的動靜，轉身看向聲音傳來的方向。那裡有一張很大的工作桌，不停地冒著煙。

「請問？」

「滋奇沒有和妳一起來嗎？算了，和滋奇說話很累，所以也沒有關係。」

「對，滋奇先生說，他有其他事要忙。」

「是嗎？這裡也遇到了麻煩事，只能不怕麻煩，妥善處理，否則就無法走向下一步。」

「請問？」

「嗯，工作差不多都這樣，只能先動手做看看。如果能夠順利完成，那就皆大歡喜；如果無法完成，就暫時忘記，然後再次挑戰，就是一次又一次重複這樣的過程。」

爺頭停頓了一下，又再次問她：

「妳是誰？」

「我叫琵琵，是凱瑟．修密特的外孫女。請問……」

琵琵的心臟快從嘴巴裡跳出來了，她無法好好說話。

爺頭沒有吭氣，似乎在等琵琵說下去。

琵琵覺得包著菲力茲的上衣很沉重，繼續說道：

「這是我外公送我的人偶……」

說到這裡，她發現自己忘了說一件重要的事。

「外公……去世了。」

她低下了頭。

她可以察覺到爺頭在白色煙霧中停了下來。

「是嗎……原來凱瑟離開了。」

嘩地一聲，冒出了巨大的煙霧。

「請問！」

琵琵向前一步，聲音顫抖地說：

「可以請你爲我修理……我外公送我的這個人偶嗎？」

爺頭似乎在煙霧後方抬起了頭。

「不可以輕易使用修理這個字眼，因爲壞掉的東西無法這樣輕易恢復原狀。」

爺頭靜靜地說，但語氣很嚴肅。

「對不起。」

琵琵縮起身體，無力地退後一步。

「妳把那個放在那裡。」

「啊？」

「妳把凱瑟送妳的那個給我看一下。」

「喔，好。」

琵琵把上衣放在桌上，用顫抖的手打開了上衣。

爺頭站了起來，邁著穩重的步伐走向沙發。

他戴著米色圍裙，腰桿挺得很直。

爺頭的外形令人印象深刻。

他的頭很大，一頭遮住耳朵的白髮三七分。

堅挺的鼻子下方是濃密的鬍子，他戴了一副玳瑁眼鏡，兩道粗眉下黑色大眼睛很靈活地轉動。

爺頭在沙發上坐了下來，探出身體，瞇起眼睛。

「好，好。」

他小聲嘀咕後，把眼鏡推了上去，看著琵琵問：

「叫什麼名字？」

「啊？」

「它叫什麼名字？」

「它叫菲力茲。」

「妳為什麼想要──把菲力茲修好？」

「因為這是外公送給我的寶貝。」

「因為是寶貝……所以希望它恢復原狀嗎？」

「對。」

「光是這樣，讓人很難瞭解。」

「呃……」琵琵脫口說出了腦海中浮現的話，「因為我希望和外公的回憶能夠恢復……原狀。」

「嗯，但菲力茲就在這裡，雖然少了不少零件……但即使壞掉了，妳和凱瑟之間的回憶也不會消失，不是嗎？」

「也許是這樣，但這樣會讓我覺得和外公之間的回憶遭到了破壞……而且……」

爺頭露出平靜的眼神，等待琵琵說下去。

「我不記得外公去世時的事，如果菲力茲能夠恢復原狀，也許我可以再見到外公……」

琵琵的聲音顫抖，低下了頭。

爺頭注視著琵琵片刻，最後哈哈大笑著打破了沉默。

「好。」

他靠在沙發上，對著牆壁上好像喇叭形狀的傳令管叫了一聲：

「托可！托可在嗎？」

幾秒鐘後，傳令管的另一端傳來了聲音。

『是！爺頭，請問有什麼事嗎？』

「有新人進來了，你準備桌子和床，另外，再叫羅諾準備一套工具。啊，即使不是全新的工具也沒問題。」

『是！我知道了！』

「那就麻煩你了。」

傳令管的另一端傳來一陣忙碌的聲音後，室內再度陷入了寧靜。爺頭挺直身體，緩緩走回工作桌前。

「我同意妳在這裡工作。妳可以從明天開始在這裡精進手藝，然後靠自己的雙手，把凱瑟送給妳的東西修好。在此之前，菲力茲就先放在我這裡。」

琵琵愣在原地，爺頭又吐出一大口煙霧。

「其他的事，妳可以問托可。如果妳偷懶，滋奇就會罵妳。因爲交貨期快到了。好麻煩。但是，越是重要的事越麻煩。麻煩，唉，眞是麻煩。」

琵琵用力吸了一口氣回答說：

「好，請多指教。」

就這樣，琵琵開始在亞細德加工作所學手藝。

就在這時，對琵琵目前身處的世界而言的另一個世界——也就是各位讀者所在的世界，一個身穿黑色西裝的男人站在卡雷恩市政廳的接待櫃檯前。他就是之前琵琵在鐘塔廣場上見到的三個男人中的其中一個。

男人對接待櫃檯的女性工作人員說：

「請問市長在嗎？」

每天都有好幾百個人造訪市政廳。

自從以改革爲名，引進合理化體制，窗口分工之後，幾乎沒有任何客人能夠進入市長室。

「不好意思，請問找市長有什麼事嗎？」

櫃檯的女性工作人員按照規定回答。

「我是來協助市長改革的。」

「不好意思，請問你有預約嗎？」

「沒有。」

「市長公務繁忙，目前可能無法馬上見你……」

「市長一定會對我們的提議很感興趣……」

「即使你這麼說……」

一身黑西裝的男人不發一語地看著櫃檯的女性工作人員。

男人的身後開始有一個人、兩個人排隊，如果不趕快處理，恐怕會造成混亂。

那位女性工作人員奉命合理而順暢地接待上門的民眾，只要處理得宜，就可以領取穩定的薪水，只要有民眾投訴或是發生糾紛，就會被扣分。她用內線電話打去秘書室，但沒有人接。

不能在這件事上犯錯。她剛從學校畢業不久，接下來的好幾年都要用薪水來還就學貸款。

「很抱歉……」

當她抬起頭時，發現那個穿黑衣服的男人不見了。

片刻之後。

幾個身穿黑色西裝的男人走在市政廳七樓的走廊上。

原本只有一個男人，不知不覺中變成了三個。

市長室隔壁的會議室內正在舉行重大的會議。

會議室的門上貼了一張紙，上面寫著——

卡雷恩市改革會議

兩年前，墨勒諾當選市長之後，推動了大規模的改革，努力讓卡雷恩市改頭換面，成爲一個新的城市。

以墨勒諾市長爲中心，有十名左右的學者專家坐在長長的會議桌前，職員都一臉緊張地坐在牆邊。

琵琵的爸爸拿著麥克風站了起來。

「各位學者專家，感謝你們提供的寶貴意見。接下來由市長爲我們致詞。」

市長站了起來，高大魁梧的身體微微向後仰，他扣好西裝的扣子，裝腔作勢地開了口。

「卡雷恩市自古以來，就是一座工業城市。以前這裡製造的商品在世界各地都受到高度的評價。」

年長的專家用力點頭。

「但是，這個富有傳統的城市也面臨時代的變化，所以，卡雷恩市必須重生。」

年輕的長髮男子用力點了點頭。

「長時間的工作是目前最嚴重的問題。隨著技術的進步，已經有越來越多的工作不需要人類，但是，這個城市落後了一大截。即使從早工作到晚，即使再怎麼勤快地工作，都無法改善生活！」

一個戴著眼鏡，看起來很聰明的女人用力點著頭。

「我們必須改變，必須拋開傳統的束縛，如果無法把那些不需要人類做的工作交給機器和電腦，讓我們的生活更富裕充實，就會遭到淘汰。」

在市長的示意下，螢幕上出現了一個圖表。

「這就是卡雷恩市的改革日程表。」

細長的年曆上，寫著未來五年的改革計畫。

改革計畫的內容如下——只要接受大企業的資本，就可以重新開發舊城區，實現工廠自動化，將本市的財政由赤字轉爲黑字，並且持續成長。

「我可以表達一下意見嗎？」

一位年長的專家舉起了顫抖的手。

「請說。」

「請問……改革之後，那些工匠的工作該怎麼辦？」

市長露出了早有準備的表情。

「修密特。」

市長要求琵琵的爸爸回答這個問題。

「請不用擔心，只要推動改革，匠人的工作就會更加輕鬆，可以有更多時間和家人團聚，也可以有自己的時間。也可以減少因爲工作時間太長導致的過勞和疾病，進一步提升經濟效率。」

年長的專家唸唸有詞，把雙手放在腿上。

市長看向坐在桌子對面的職員問：

「交涉的進度怎麼樣？」

一名戴著眼鏡，瘦巴巴的職員戰戰兢兢地站了起來。

「這……雖然很難啟齒……」

「怎麼樣？」

「因爲那些匠人遲遲不願簽名，目前正陷入苦戰。」

「苦戰……？什麼意思？」

「我的意思是，就是……反對改革的匠人比想像中更多……」

市長的臉立刻沉了下來。

「這個報告會嚴重影響你們的考績——你們瞭解這件事的意義嗎？」

職員臉色鐵青地低下了頭。一個臉色紅潤的胖職員站了起來。

「市長，很抱歉，目前正在慢慢爭取，只是需要一點時間說服工會，所以還無法超過半數……」

「你說這種話已經幾個月了？」

「你說得對，但那些匠人擔心會失去工作機會……」

市長的臉越來越紅。

這時，有人敲了敲會議室的門，秘書探頭進來。

「市長。」

「什麼事？」

「有幾位先生說……想要見市長。」

「我正在開重要的會議，剛才不是已經交代，任何人都不見嗎？」

「對，雖然是這樣，但是……」

「怎麼了？」

「他們說，他們知道推動改革的方法——」

三個一身黑色西裝的男人站在秘書背後。

三個人長得一模一樣，乍看之下，根本分不清誰是誰。

三個男人都留著一頭三七分的黑色頭髮，四方臉中央的眼睛、鼻子和嘴巴就像是用尺和筆畫出來的，他們的領帶、鞋子、襯衫和皮包都是黑色。

站在中間的男人遞上一張漆黑的名片。

六角形的標誌下，只寫了公司的名字。

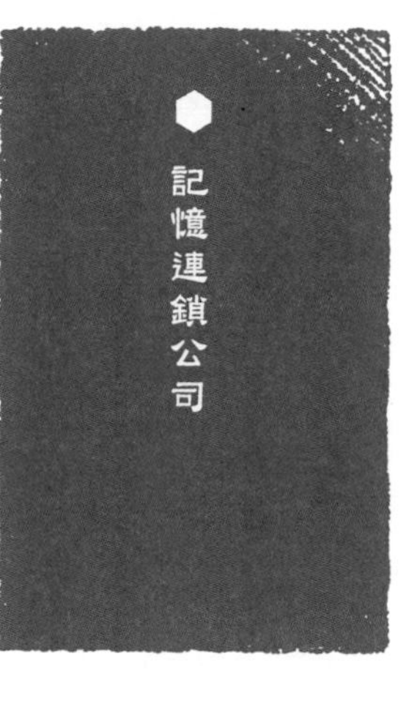

市長看完名片後抬起頭。

「我是記憶連鎖公司的代理人。」

「不好意思，這裡不是私人公司，如果你們對改革有興趣，我會請負責人和你聯絡……你們也看到了，我們正在開重要的會議。」

站在中間的男人微微睜開了一雙小眼睛。

「墨勒諾市長，恕我直言，目前正在推動的改革，是否並沒有按照原計畫進行？」

市長生氣地抱著雙臂說：

「要改變一個具有悠久歷史的城市當然會伴隨著痛苦。」

「我完全同意你的意見。市民需要一點時間，才能瞭解市長洞悉未來的遠見。」

「嗯。」

「市長想要改變這座城市，但是，想要讓那些被舊思想束縛，害怕變化的人動起來，並不是一件容易的事。」

「你說得對。」

站在中間的男人直視著市長的眼睛說：

「請市長務必讓我們有機會提議推動改革的方法。」

「喔？」

市長雖然不想聽這幾個來路不明的男人說話，但聽到那個男人說，他知道推動改革的方法，當然不能充耳不聞。

「好吧……那你就說來聽聽。」

市長中斷了改革會議。

琵琵的爸爸和其他職員站在牆邊，市長面對那三個黑色代理人。

「所以……推動改革的方法是什麼？」

站在中間的男人默默點了點頭，向左側的男人使了一個眼色。

左側的男人操作著平板電腦，平板電腦不知道什麼時候連結了會議室的螢幕，螢幕上竟然出現了影片。站在右側的男人在筆電上快速打字，似乎要記錄下所有的談話。

「請各位看一下我們獨自進行的市場調查結果。」

影片中出現了由黑色和白色組成的圓形圖表。

「贊成者占百分之二十三點五，反對者占百分之七十三點五，還有百分之三的人是其他。」

市長挑起眉毛問：

「這些數據是哪來的？」

市長瞪著在場的職員，所有人都縮成一團搖著頭。

站在中間的男人面不改色地說：

「這是我們根據獨特的方法計算出來的數字，照目前的情況，不得不說，要實現改革相當困難。」

「我當然知道。」

「不必擔心，所謂由多數人決定，只是有發言權的人要求沒什麼發言權的人聽從自己的意見——只是這樣的狀態而已。」

「你……想要說什麼？」

「我要說的是，人的想法可以改變。」

「喔？」

「請你務必和大家分享一下……你說的方法。」

市長停頓了一下，不讓別人察覺他內心的慌亂。

站在中間的男人也和市長一樣，停頓了一下後才開口。

「這個方法就是消除這個城市的回憶。」

「消除……回憶？」

「對，也許可以說是消除記憶。」

市長露出有點無奈，又有點失望的表情靠在椅子上說：

「你是說，讓這個城市的所有人都失去記憶嗎？」

「不，要消除的並不是現在的記憶，而是以前的回憶。」

「你說得具體一點！」

左側的男人滑動了平板電腦上的畫面。

畫面上顯示了卡雷恩市的歷史。

「卡雷恩市是一個發展的工業城市。」

畫面中出現了地圖和影像，以十年為單位追溯過去的歷史。

「以前，在這裡生產的商品，在世界各地受到了高度的評價。」

「我可是這個城市的市長，我當然知道這些事。」

「你……真的知道嗎？」

「什麼意思？」

「市長，你曾經親手觸摸過以前卡雷恩市製造出來的商品嗎？」

「我的父親以前是匠人，以前的東西……雖然只有在博物館和記錄中看過，但誰都知道，這個城市製造的產品很優秀。」

「這就是重點。」

「什麼重點？完全搞不懂你想說什麼。」

「也就是說，這個城市製造的產品很優秀……只是在人們的記憶中——只是大家的回憶而已。」

「即使是傻瓜，也知道這種事。」

「不，大家並不知道。這個城市所珍惜的東西，努力想要保存的東西只存在於人們的記憶中。」

「嗯。」

「所以，如果我們消除這些記憶呢？」

「你說得具體些！」

「市長，你剛才說，你只有在博物館和記錄中看過這個城市所製造的產品。」

「這不是理所當然的事嗎？」

「這就是重點。」男人加強了語氣，「這個城市的人認為，以前這裡曾經製造出出色的產品，但是，沒有人實際看過、親手摸過——只是在回憶中如此相信而已。」

「那又怎麼樣？不……正因為這樣，不是更棘手嗎？」

那個男人口若懸河地說：

「改革之所以無法推動，是因為大家都覺得以前比較好，這種回憶阻礙了改革。人們的思考停止了，被過去束縛了，所以只要慢慢地、確實改變這些記憶，就可以解決問題。」

「你是說要篡改歷史嗎？在當今的時代，怎麼可能有辦法做到這種事？」

站在中間的男人露出淡淡的笑容說：

「完全有可能。」

第五章 開始學手藝

「妳是新來的嗎？」

琵琵走出爺頭的辦公室，看到一個比她年紀稍微大一點的少年站在那裡。

少年穿著黃色的連身工作褲，不知道剛才是否一路跑過來，他喘著氣，對琵琵露出了笑容。

「我叫托可．畢納瑪亞，請多指教。」

「琵琵……我叫琵琵．修密特，請多多指教。」

琵琵深深地鞠了一躬，托可笑著說：

「我聽滋奇先生說了，妳是凱瑟．修密特的外孫女？好厲害！歡迎妳來到亞細德加工作所，那我馬上帶妳參觀工廠。」

托可就像吸收了滿滿陽光的水果，全身散發出活力。琵琵覺得自己心跳加速。

「那我們先從倉庫開始參觀。」

我們搭電梯來到一樓。中央大廳內有許多匠人。

「現在剛好是休息時間，雖然吃不到蜜絲的戚風蛋糕了，要忍耐、要忍耐。」

托可走向建築物左側的走廊，那些匠人一邊吃著裝在盤子裡的蛋糕，一邊聊天。

「蜜絲的蛋糕天下無敵。」

走廊上灑滿了天窗照進來的陽光。

琵琵追上托可問：

「這裡……製造什麼東西？」

「所有的東西，因爲這裡是專門修理的工廠。」

「專門修理的工廠？」

走廊盡頭向外敞開著，有好幾輛貨車停在那裡，很多身強力壯的男人把木箱和麻袋搬了進來。

「全世界很難修理的東西都會送來這裡，我們的工作就是修理那些東西，讓它們恢復原狀。」

一個正在搬東西的男人把手放在托可的肩上笑著說：

「你的工作！你眞是太了不起了。」

「煩欸！雖然我只是學徒，但很快……」

那幾個男人歡快地笑了起來，揮著手說：「加油囉！」然後把東西搬了進去。托可抓著頭邁開步伐。

「要修理的東西都搬進這個倉庫，確認什麼時候、從哪裡送來這裡。」

倉庫像小學的體育館那麼大，堆滿了木箱和麻袋，完成分類的東西都放在傳送帶上，送去其他地方。

琵琵看到了老鼠臉的男人羅諾。

他從貨物中拿出信封，丟進從天花板垂下來的籃子裡。籃子下有一根繩子，只要一拉繩結，籃子就會升向天花板。

「那是物品的主人寫的信，爺頭會看每一封信。」

「他會看所有的信嗎？」

「對，爺頭總是說，我們修理的不是物品，而是物品主人的回憶，所以這裡被稱爲回憶修理工廠。」

「回憶修理工廠……」

「那我們再去參觀下一個地方。」

他們走出倉庫，走在走廊上。

「現在是最忙碌的時期。每逢年底，人們不是會回想起很多事嗎？所以我們的工作也會增加。相反地，夏天的時候，人們沒有時間回憶，這裡就變得很閒，大家都會在那個時候休假。明年夏天要去哪裡呢？」

托可在倉庫旁邊的房間前停了下來。

「這裡是分類的地方，妳明天開始，就要在這裡工作。」

分類室差不多只有倉庫的一半，從倉庫延伸過來的傳送帶分成好幾條線路，就像機場領取行李時一樣。

「送來的物品在這裡分解後分類，這是新人首先必須學的工作，我之前也曾經在這裡工作了一段時間。妳看。」

琵琵跟著托可，來到一個一身褐色皮膚的少年身後。

身穿紅色連身工作衣的少年正在拆一個鬧鐘。鬧鐘的鈴已經掉了，小錘子也斷了。少年用鑷子把發條和齒輪一個一個拿下來，排在桌子上。

「只要少一樣零件就完蛋了，所以需要很專心。」

琵琵偷偷看著雙眼發亮地向她說明的托可。

「有一次，我太專心了，結果不小心打了一個噴嚏，結果零件都飛走了。那一次我真的急壞了，在找到之前，不能去吃飯，也不能睡覺。在半夜找到時，真的鬆了一口氣。」

沉浸在回憶中的托可突然轉頭看向琵琵。

琵琵慌忙移開了視線，脹紅了臉。

「怎麼了？」

「沒事，對不起……」

托可對琵琵笑了笑，邁開了步伐。

收音機、時鐘、烤箱、暖爐、熨斗和打字機，也有鞋子、衣服和首飾類。分類室內似乎聚集了所有的生活用品。

他們回到了中央大廳，這棟橫長的建築物，無論從哪裡出發，都一定會經過這裡。太陽漸漸下山了，高大的柱子在擦得一乾二淨的地上投下了陰影。

「接下來去二樓，那裡是我工作的地方。」

他們走進電梯。剛才去爺頭的辦公室時沒有發現，這棟建築物還有地下室。二樓是很寬敞的空間，整個樓層都只有柱子，沒有任何隔板。寬敞的空間內擁擠地放了木製的工作桌，桌上堆滿了零件，鐵鎚敲打聲和鑽孔機的聲音不絕於耳。

「這裡就是匠人工作的地方，把剛才分類室拆解下來的零件重新組合起來，有時候必須從頭開始拼裝。」

托可壓低了聲音說，然後把手指放在嘴唇上，走在工作桌之間。許多單眼夾著放大鏡的匠人正在和那些零件奮戰。

琵琵靜靜地站在一名匠人身後。那個理著平頭，身穿藍色連身工作服的匠人正低頭工作。

他的手上是一雙破舊的皮靴，那是一雙到腳踝的深棕色短靴。短靴就像乾掉的蔬菜一樣又皺又塌，鞋尖磨損，鞋底也和鞋面脫開了。

匠人重新把鞋底黏好，關節粗大的手指都白白的，指甲像玻璃瓶底一樣厚。他正在把一根又一根只要用力呼吸，就會被吹走的細釘子釘進鞋底。好幾十根釘子勾勒出優美的曲線，在鞋底發出淡淡的光。

「他是專門修鞋子的匠人，也會爲爺頭修鞋子。」

琵琵覺得時間好像停止了。

琵琵的心臟發出噗通噗通的聲音，她的手指也跟著匠人的手動了起來，腦海中想像著自己穿著藍色連身工作服，坐在工作桌前的樣子。

「托可。」

琵琵聽到叫聲，回過了神，回頭一看，滋奇正大步走來。

「滋奇先生！你辛苦了！」

「結束了嗎？那就從明天開始，加油。」

「對，先從學習分類開始，對嗎？」

「對，之後的事，我會再和爺頭討論。琵琵，我先把這個交給妳。」

滋奇遞給她一本皮革封面的記事本。

「這是……」

那是一本空白的記事本，皮革封面摸起來很舒服。

「這是作業日誌，從今天開始的所有一切都要記下來。記憶力最重要，每天睡覺前回顧一下，隔天早上再溫習一次。托可，你也有在記錄吧？」

托可挺起胸膛大聲回答：

「對！我已經記錄了五十四本！」

「很好，很好。」

滋奇看著琵琵的眼睛說：

「每天晚上都一定要寫。人在做完一件事之後，會記得八成，在睡覺之前，就只剩下五成而已。隔天早晨起床時，又忘了超過一半，所以一定要在睡前重新溫習，加以整理。」

滋奇說完之後，揮了揮手說：「那就這樣了」，然後走向電梯的方向。

「滋奇先生很厲害，他記得所有的事，收到了什麼貨物，有多少件貨物，哪裡需要修理，要怎麼修理，他全都記在腦袋裡，還可以像預言未來一樣，說出我們忽略的事。」

琵琵低頭看著記事本，封面上烙著她的英文名字縮寫『P・S』。

「琵琵・修密特，這是妳的名字，對不對？以後請多指教！」

托可向琵琵伸出手。

琵琵紅著臉，握住了他的手。

「好！也請你多指教。」

太陽在不知不覺中下山了。

「妳是不是肚子餓了？我們去吃晚餐。」

他們回到一樓，來到中央大廳後，走向和倉庫相反的方向。

「這裡就是食堂，早餐、午餐和晚餐，還有吃點心的時候都要來這裡。」

食堂內排放了很多桌子，匠人們有說有笑地吃著晚餐。食堂可以看到廚房，廚房內冒著熱氣，飄出了烤肉的香氣。

托可站在匠人的隊伍後方，把托盤和碗盤遞給琵琵。領完晚餐後，他們找到一張空桌子，面對面坐了下來。

今天的晚餐是厚切烤牛排和滿滿的馬鈴薯泥。琵琵喝了一口奶油洋蔥湯，發現美味無比，頓時感到全身是勁。

「托可先生，你爲什麼會在這裡工作？」

「那還用問嗎！當然是夢想有一天可以在爺頭的手下工作！在這裡工作的所有人都一樣，然後希望有朝一日，可以有自己的工房，只是不知道需要幾年，甚至可能需要幾十年。琵琵，妳應該也一樣吧？……呃呃呃。」

托可把烤牛排吞下去時卡住了，用力拍著胸口。

「我是……那個……」

琵琵無法告訴托可，自己來這裡，只是爲了修理外公留給她的遺物，所以結結巴巴說不出話。

「啊啊……怎麼了？」

托可終於把牛排吞了下去，雙眼通紅地看著琵琵的臉。

「不……對不起，沒事。」

琵琵垂下眼睛，吃著馬鈴薯泥。

晚餐後洗了澡，走去位在食堂旁邊的臥室。

木製的雙層床一直延伸到臥室深處。有人已經睡著了，有人小聲談笑，也有人圍坐在一起打撲克牌。匠人在結束一天的工作後，享受著寧靜的充實感。

琵琵的床就在托可的旁邊，而且特地爲琵琵裝上了簾子。

托可洗完澡後，用毛巾擦著一頭蓬亂的頭髮，打了一個大呵欠。

「最後的工作就是寫日誌，我剛才已經寫好了……啊……晚安……」

托可的話還沒有說完，就發出了均勻的鼻息聲睡著了。

琵琵翻開滋奇給她的記事本，回想著今天發生的事。

跟著滋奇來到了「這個世界」。

「這個世界」和琵琵生活的「那個世界」的時間不一樣。

亞細德加工作所被稱爲「回憶修理工廠」。

那個世界壞掉的東西都會送來這裡修理。

琵琵必須自己把菲力茲修好。

琵琵獲准在這個工廠學習工作，明天開始要在「分類室」工作。

聽說蜜絲的戚風蛋糕很好吃。

琵琵抬起頭時，發現臥室的燈暗了下來，匠人睡覺時發出的鼻息聲好像在大合唱。

琵琵在記事本上寫了最後一句話。

我想要成為像外公一樣的匠人。

然後，她深深陷入了沉睡。

✿

在琵琵跟著滋奇來到這個世界的隔天。

那個世界——琵琵原本生活的卡雷恩市的日期正要從昨天變成今天。媽媽一臉不安的表情等待爸爸回家。爸爸平時每天都準時回家，但今天到了半夜，還沒有回到家。

不一會兒，遠處傳來輪胎駛過石板的聲音，然後在家門口停了下來。

「對不起，這麼晚才回家。」

爸爸打開玄關的門，看起來有點疲憊。

「你回來了，今天怎麼這麼晚？」

媽媽看到爸爸身後有一輛黑色的汽車，和三個身穿黑色西裝的男人。他們的身影融入了黑夜，只有四方形的臉懸在半空中。

爸爸轉過頭，對那幾個男人鞠了一躬說：

「謝謝你們特地送我回來。」

站在中間的男人也向爸爸鞠了一躬說：

「那我們就靜候佳音。」

那個男人抬起四方形的臉，露出了像冰一樣的微笑。

「我們要攜手——一起改革這個城市。」

那三個男人的車子好像被吸入了夜晚的黑暗中。

「老公。」

「嗯，嗯？」

爸爸茫然地目送車子離開，聽到媽媽的叫聲，回過了神。

「你趕快進來，小心會感冒。而且……琵琵有點不太對勁。」

「琵琵嗎？」

「對。她昨天不是在爸爸的工房睡著了嗎？今天早上我帶她去了醫院，向學校請了一天假……」

牆上的時鐘指向凌晨一點。

這棟房子的前主人凱瑟曾經修過這個時鐘好幾次。

兩個長靴形狀的紅色馬克杯冒著熱氣，裡面裝的是卡雷恩市的名產——加了藥草的熱紅酒。

「琵琵怎麼樣？」

「她在樓上睡覺，醫生說沒什麼大礙，只是很受打擊而已，吩咐她週末好好休息。」

媽媽低頭看著自己的膝蓋。

「因爲她渾身都是擦傷，所以我通知了學校，結果墨勒諾太太立刻拿了高級點心禮盒來家裡……說眞的很抱歉。」

「市長太太？」

「對，聽說琵琵和麗娜吵架了，她們在鐘樓廣場搶奪爸爸做的人偶時，琵琵跌倒了……」

「喔，所以她去了工房……」

「嗯，但是從醫院回來之後，琵琵都一直沒有起床。」

「醫生不是說沒有大礙嗎？」

「嗯，但是……她好像失魂落魄，心不在焉的樣子，所以我懷疑她在學校遭到了霸凌……」

「妳是說麗娜霸凌她？她們以前不是好朋友嗎？而且市長的女兒怎麼可能霸凌別人。」

「嗯……但是，」媽媽看向二樓，「因爲琵琵每天都去找外公玩……可能不容易交到朋友。」

「而且爸爸又是在那種情況下去世……」

「嗯……琵琵說，她完全不記得當時的情況。」

「也許是因爲這個原因，所以她更加無法接受爸爸的去世……」

「對了，會議怎麼樣？」

「喔，就是……剛才那幾個人……」

「嗯。」

「會議開到一半時，他們走進會議室……說想要提議推動改革的方法。」

「沒問題嗎？我覺得那幾個人……」

「我也這麼覺得，一開始也這麼覺得，但是──」

爸爸用熱紅酒潤了潤喉，回想起在會議室發生的事。

✿

「我們會協助保管市民的回憶。」

站在中間的男人用好像在咬沙子般的聲音說道。

「什麼？」市長皺起了眉頭，「這是怎麼回事？非但不消除，還要保管，這兩件事不是完全相反嗎？」

「不，是同一件事。我們都從過去走向未來，從現在走向未來的過程中，會持續創造龐大的過去──龐大的回憶。人們被不斷創造出來的過去淹沒，無法思考未來的事。」

「你的意思是說……大家都受到回憶的束縛，所以無法前進嗎？」

「說對了，所以，我們可以保管、保存人們的回憶。」

「怎麼做……？」

「用各種手段……」

站在左側的男人滑動了手上的平板電腦。

螢幕上出現了一個六角形的框架，然後像蜂巢一樣不斷增長。照片、影片、日記和日常生活的資訊，朋友關係和工作上的人脈……所有的資訊一個接一個散開，然後又收縮、重疊起來，變成了記憶連鎖公司的標誌。

「有人會每天去看自己在網路上寫的回憶嗎？人們在寫下之後就忘記了，也不會重溫。只要我們協助人們保管他們的回憶，人們就不會受到回憶的束縛，安心地忘記過去，只考慮眼前的幸福。」

會議室內陷入了漫長的沉默。

「這裡面是……寫了保管記憶方法的計畫。」

男人把一張黑色記憶卡放在桌上。

「計畫必須正確而嚴格地執行。這裡有沒有……適合執行這個計畫的人？」

市長想了一下之後，蹺起了修長的腿，轉頭看向琵琵的爸爸。

「修密特。」

「是、是。」

「我……任命你擔任研究這個提案的負責人。」

黑色代理人露出冰冷的微笑，緩緩轉頭看向琵琵的爸爸。

「只要帶走人們對過去的回憶，讓他們只考慮眼前這個瞬間，未來就操之在我們。」

熱紅酒已經冷掉了。

「由你……擔任那個計畫的負責人？」

「不，目前還沒有決定，先研究一下，在下一次的會議上向市長報告。」

「聽起來……好像很可怕。」

「嗯，但是我覺得他們說的話也有一點道理。這個城市被老舊的傳統束縛了，照這樣下去，眞的會越來越落伍。」

「嗯。」

「而且……」

爸爸抬起頭，看向二樓，「我希望琵琵也不要被爸爸的回憶困住，能夠看向未來。」

「也對……」

媽媽也抬頭看著天花板，小聲嘀咕道。

第六章 越急的事，越要慢慢做

「琵琵！早上了！」

琵琵聽到了托可很有精神的聲音，睜開了眼睛。她昨晚似乎抱著記事本睡著了。臥室內還很昏暗，天還沒亮。

「這裡的早晨很早，妳很快就會習慣了。」

「托可先生，早安。」

「叫我托可就好，叫我先生，我會覺得害羞。」

其他匠人都動作俐落地摺著毛毯，開始換上工作服。

打開床邊的置物櫃，裡面放著紅色連身工作服和靴子。

無論工作服還是靴子的尺寸都剛剛好，但靴子很重，腳根本抬不起來。

「這是安全鞋，鞋尖放了鐵板，以免有什麼東西砸下來，或是踩到了釘子。妳很快就會習慣了。因為新人周遭經常會發生很多狀況，所以都穿紅色的工作服，比較引人注意。等妳進修結束，就可以換成黃色的工作服；通過匠人考試，能夠獨當一面之後，就可以穿上藍色工作服。」

托可為黃色工作服扣上扣子時，露出羨慕的眼神看著那些穿著藍色工作服的匠人。

「匠人考試？」

「對，會有一個考試的題目，然後由爺頭評鑑是否有資格在這家工廠工作，那是很久以後的事。」

「如果無法通過考試，那會怎麼樣？」

「那就無法在這裡工作了，因爲這裡要憑實力，匠人的世界很嚴格。」

「這樣啊……」

琵琵搖搖晃晃地邊走邊說，她覺得好像來到一個重力加倍的星球。

「分類室內只要用筆、記事本、螺絲起子和鑷子。」

托可笑著對琵琵豎起了大拇指。

「那就加油囉！先去吃早餐，吃飽早餐後，妳只要去分類室，羅諾會教妳怎麼做。」

托可說完就跑走了。

「螺絲起子、鑷子，還有筆和記事本……啊！」

琵琵翻開皮革封面的記事本，忍不住驚叫起來。因爲她昨晚寫下日誌那一頁旁邊，出現了左低右高的圓體字寫的回覆。

歡迎來到我們的工廠。

從今天開始，要把每一天發生的事、記得的事和思考的事寫下來。

絕對不能拖延，說什麼晚一點再寫。就像我白天對妳說的那樣，人很快就會忘記兩成的事，到了晚上就忘了五成，到隔天早上，八成都忘記了。

要在忘記之前，寫下來，然後記下來。工作時，最重要的事就是記下所有的事，然後牢記在腦海中。

重要的是記憶力。

就這樣。

滋奇

滋奇是在昨晚寫了這些回覆嗎？

但是，琵琵一直把記事本抱在手上，滋奇怎麼寫的？琵琵帶著滿腹狐疑，抱著日誌跑了起來。只不過靴子太重了，她就像企鵝一樣搖搖晃晃……

相同的時刻。

滋奇和爺頭正在爺頭的辦公室內開早會。

滋奇呼嚕呼嚕地喝著咖啡。

「羅諾向我報告……退貨是原來的三倍、三倍。」

「滋奇，你說話太誇張了，我聽說只有兩倍。」

爺頭吐出了白色煙霧。

「總而言之，一定發生了什麼狀況。」

「的確有些東西花了不少時間修理，有些離送來這裡已經超過了半年或是一年，但我們修好之後寄回去時，對方說，不記得曾經送修這種東西，然後又送了回來，的確有點奇怪。」

滋奇抖著腳，連桌子也搖晃起來。

爺頭用熟練的動作拿起咖啡杯送到嘴邊。

「時代在改變，隨時都在改變。嗯，這也是無可奈何的事，總之，就是修好為止，而且還要接手凱瑟的工作。」

「我把之前交給凱瑟的東西全都帶回來了，都是一些高難度的工作，爺頭，不好意思，只能偏勞你了。」

「嗯，雖然很想交給年輕人去做，但有才華的人畢竟不多。」

「凱瑟的外孫女從今天開始在這裡上班。」

「凱瑟怎麼會發生那種事？」

「她說她不記得了。」

「這樣啊。」

「我正在調查。」

「滋奇，凱瑟最後修理的東西是……」

「目前還不知道。」

「嗯，眞傷腦筋啊。」

爺頭靠在沙發上，緩緩巡視辦公室內。

「滋奇。」

「什麼事？」

「我覺得……凱瑟仍然在這裡。」

「也許吧。」

「滋奇，看來問題很複雜。」

「對，問題很複雜。」

他們的早會結束後，爺頭坐在工作桌前工作，滋奇不知道出門去了哪裡。

琵琵吃完早餐，走去分類室。

「琵琵，早安。妳從今天開始在這裡工作，昨晚睡得好嗎？」

老鼠男羅諾抱著雙臂，站在琵琵的腳下。

「早安，我睡得很好。」

「睡眠不足，是創意工作的大敵。啊，這是爺頭說的話。」

羅諾露齒一笑，讓琵琵坐在最靠近門口的座位上。

「妳有沒有帶記事本？」

「有，滋奇先生已經給我了。」

琵琵從皮包裡拿出記事本。

「這是工作日誌，有些匠人稱它爲滋記。妳不必在意，把所有的東西都記在上面。用完之後，馬上可以領取新的。」

「我昨天晚上在睡覺前寫了，沒想到……」

「喔，妳是說滋奇先生寫了回覆嗎？滋奇先生可以看到寫在日誌上的所有內容，然後會寫回覆。妳千萬不可以偷懶。在這裡工作的所有匠人，都是靠這種方法學習很多事，當然，我也一樣。」

「滋奇先生每天晚上寫回覆給這個工廠的所有人嗎？」

「怎麼可能？妳知道這裡有多少人嗎？他只給新人寫回覆，而且他喜新厭舊，一旦失去了興趣，就不會再回覆了。如果認爲是可造之材，就會一直寫下去。那是很光榮的事，所以，在可以收到回覆期間，等於受到了重視，好好加油。」

「好。」

「鈴聲快響了，妳今天的工作等一下就會送過來。」

工作桌差不多像小學的游泳池那麼長。

「當東西送到妳面前時，妳要把每一個零件拆下來，絕對不能遺失任何一個零件。送到這裡的東西都是好幾年、好幾十年前製造的東西，所以幾乎找不到替換的零件。」

羅諾似乎看到了琵琵內心的不安，笑著對她說：

「妳不用擔心，給新人的工作不會太複雜。」

琵琵覺得口乾舌燥。

「把所有的零件拆下來之後，記下種類和數量。如果零件的數量不正確，下一道工序時就會發生混亂。」

羅諾話音剛落，鈴聲就響了。

「時間到了，那就加油囉！」

琵琵目送快步離開的羅諾遠去，在椅子上坐了下來，挺直了身體。

傳送帶將一個厚紙板箱送到她面前。

她可以清楚聽到自己的心跳聲。

有生以來第一次的工作即將開始了。

打開紙箱，裡面的東西用油紙包了起來。她想解開粗麻繩，但麻繩綁得很緊，她遲遲無法解開。

她可以感受到周圍的匠人都在默默工作的呼吸聲。

好不容易打開油紙，發現裡面又用報紙包了起來。報紙上印的並不是琵琵那個國家的文字。

報紙裡面是一個木盒子。

「哇！」

那是一個音樂盒。

打開上方的蓋子，銅色的圓筒在玻璃板內發出淡淡的光，圓筒上有無數個凸起，還可以看到像梳子一樣的鐵板和齒輪。圓筒和鐵板上的鏽斑像葉脈般擴散。

打開雙層底的抽屜，裡面放了一個牛皮紙信封。

琵琵就像羅諾在倉庫時那樣，把信放進從天花板懸下來的籃子裡，然後拉了一下繩子。籃子立刻被吸入天花板上的洞內。

「不知道爺頭會不會看這封信……」

她把音樂盒翻了過來，發現四個角落有螺絲孔。她用螺絲起子和鑷子小心翼翼地把螺絲拆了下來，放在盤子上。

她拿起鑿子用力一挖，底板發出輕微的聲音掉了下來。她又接著拆下了雙重底板，看到了音樂盒的機械部分。機械部分也鏽跡斑斑，拆的時候如果不小心，很可能會折斷。

汗水滴滴答答地從她的額頭流了下來。

把所有的零件拆下來之後，記下種類和數量。

羅諾的話一直在她腦海中迴響。

琵琵打開了滋記，開始計算零件的數量，但是，她數來數去都數不清楚。腦袋好像打了結，無法順利思考。她忍不住著急起來，重新算了一次又一次。

鈴聲響了。

匠人紛紛站了起來，走出了分解室。明亮的陽光照了進來，太陽已經爬得很高了。

琵琵對轉眼之間就過了好幾個小時這件事感到驚訝不已。

「喂，琵琵！」

琵琵抬起頭，發現托可在門口探頭進來，用力向她揮著手。

「快過來！午休時間禁止工作，去吃飯，去吃飯！」

琵琵無精打采地跟在托可的身後走去食堂。

「那是因爲妳是第一次啊，當然不可能一下子就很順利。」

他們一起站在長長的隊伍最後方。

今天的午餐是奶油燉雞。差不多有半隻雞放在擦得很亮的餐盤上，然後淋上滿滿的奶油醬汁。

青花菜、花椰菜、小胡蘿蔔和青豆仁幾乎快從餐盤上掉下來了。

有四種不同的麵包可以挑選，托可選了發出咻咻聲音的牛角麵包，和圓形的法國麵包放在托盤上，琵琵選了一個看起來很柔軟的白麵包。

「如果不吃飽，等一下很快就餓了。」

他們找到一個陽光充足的座位，兩個人面對面坐了下來。

「別擔心，別擔心，大家一開始都是去分類室磨練出來的，因爲整理整頓是工作的基礎。」

「但我……完全不行。雖然把零件拆了下來，但無法專心計算零件的數量……」

「我一開始也一樣。我記得第一次是拆一臺老舊的收音機，不小心誤剪了連結喇叭和增幅器的電線……」

「托可先生……謝謝你。」

「我不是說了，叫我托可就好嗎？如果不趕快吃，下午的工作時間就快到了。」

「好……我試試。」

「凡事都要嘗試，否則就無法進入下一個階段！爺頭經常說，先動手，再思考。但滋奇先生說，先思考，再動手……他們兩個人說的話完全相反，所以讓人無所適從。」

午休時間很快就結束了，琵琵又到分解室，繼續做下午的工作。

托可在點心時間也來找琵琵，但琵琵沒空去吃點心，繼續在分解室專心面對那些零件。

天色在不知不覺中暗了下來。琵琵垂頭喪氣地走出分解室。

「工作了一天辛苦了。」

羅諾抬頭對琵琵說。

「對不起……我連一件工作都沒有完成。」

羅諾若無其事地笑著說：

「重要的是，不要爲自己應該可以做到的事懊惱，而是要思考自己做不到的事。」

「好……」

琵琵沒有吃晚餐，就回到了臥室。

她太懊惱了，心亂如麻。

她打開滋記，拿起了鉛筆。

今天是我在分解室工作的第一天。

我順利拆開了音樂盒。

但是，我無法整理零件，也無法計算零件的數量。

眼看著時間慢慢過去，我越來越著急。

看到其他人的工作都很順利，我覺得自己很沒用。

即使花了一整個下午的時間，也無法完成一件工作，太不甘心了。

隔天早晨，滋奇的回覆出現日誌左側的頁面上。

清晨的冷空氣讓琵琵忍不住顫抖，她用毛毯蓋住頭，看著滋記上的內容。

工作的八成是整理整頓。

人總是思考各式各樣的事，思考並不是壞事，而且思考是人類的天性，關鍵在於如何整理。

我教妳一個好方法。首先，把眼前的問題或課題逐一寫下來。在寫下來時不需要思考，不必東想西想，只要寫就對了，把目前面臨的課題全都寫在紙上。

接著，看著紙上的課題加以整理。訣竅就在於把相似的內容放在一起。

假設有一百個課題。只要想到有一百個課題，人就會陷入混亂，思考會停擺。但是，只要仔細觀察，就會發現其中有些問題很相似。

將這些問題分類，通常一百個問題會變成十個左右。如果還有很多，可以進一步整理。這就是整理整頓。

而且，不要和他人比較。

琵琵，妳會和爺頭比較嗎?平凡人都會和那些自認為能力和自己相同程度的人比較，這叫自卑感。自卑感是世界上最無聊的東西，如果要比較，不如和爺頭比較。

最後，再給給一個建議。

「越急的事，越要慢慢做；越不急的事，越要趕快完成。」

那就這樣囉。

滋奇

琵琵覺得好像內心有亮光在閃爍。

她立刻換上工作服，衝進了食堂，咬著麵包，衝進了分類室。

托可和其他匠人滿臉錯愕地看著她。

琵琵來到中央大廳時，看到一個身穿白色睡裙的少女從電梯走了出來。少女停下腳步，一雙藍色大眼睛注視著琵琵。

少女的一頭栗色短髮微微晃動，高挺的鼻子下方，看起來意志很堅定的嘴巴抿得很緊。

「嗚呃。」

琵琵嘴裡塞滿了麵包，無法說話。

少女呵呵笑了起來，用清脆的聲音問：

「妳是誰？」

琵琵看著少女美麗的臉龐出了神，咕嚕一聲把麵包吞了下去。

「怎麼了？我臉上沾到了什麼嗎？」

她的聲音就像銀鈴。

「嗚呃……我叫琵琵，我開始在這裡工作。」

「啊喲，原來是這樣啊。」

少女從頭到腳打量著琵琵，雙手扠在腰上。

「妳幾歲？」

「喔，我十歲。」

「啊喲，所以還是小不點嘛！」

琵琵覺得自己好像在和成年女人說話。

「那就好好加油囉！」

少女跑走了，身上的白色睡裙飄了起來。

上班的鈴聲響了。

琵琵面前有一個比昨天稍微大一點的小木箱。

裡面有一個老舊的電晶體收音機。琵琵把收音機輕輕放在桌子上，然後翻過來確認螺絲的位置。

「外側有四顆螺絲。」

她在滋記上寫了下來。

她看到坐在旁邊的少年俐落地將時鐘上的零件拆了下來。

「不要和別人比較。」

她打開收音機背面的蓋子，發現藍色、綠色、黃色和紅色的電線連結了電池盒和電子線路板，電子線路板上的銅線連著喇叭。

「工作的基本就是整理整頓……」

她拆下每一個零件後，放在盤子上，然後寫在滋記上。

大中小螺絲、幾根電線、喇叭、調整電波的調諧器、像蜘蛛腳一樣的電晶體，還有圓筒形的二極管……

總共有三十八個零件。

「把相似的東西分類。」

琵琵小聲嘀咕著，看著零件清單和零件開始分類。

大中小螺絲　十八個
電線（沒有連在一起）　六根
電線（連在一起）　兩組
喇叭　一個
電子線路板　兩塊

電晶體（拆下來的）　四個

二極管（拆下來的）　三個

調諧器　一個

電池　一個

清單變得很簡單。

她把三十八個零件分成九大類。

琵琵看著滋記，把螺絲按照大小順序，電線按照顏色，電晶體和二極管等按照相似的形狀進行整理。

然後把滋記上的分類和數量抄在分解單上。

「完成了……」

她吐了一口氣，抬起頭。其他匠人都默默地專心工作。

她覺得好像施了魔法。

昨天花了一整天都無法做完的工作，竟然一下子就完成了。

「琵琵，早安。」

羅諾夾了一大疊單子走了過來。

「早安。」

「妳已經完成了嗎？我看看。」

羅諾看著盤子，又看了看分解單，露出了笑容。

「嗯……很不錯啊。」

「謝謝！滋奇先生教我……」

「工作的八成都是整理整頓，對不對？」

「對。」

「因爲滋奇先生喜歡整理已經到了非比尋常的程度，還會隨手幫別人整理桌子，他曾經把我很重要的東西丟掉了。」

羅諾聳了聳肩說。

「新的工作來了。」

琵琵面前出現了一個比剛才更大的盒子。

琵琵用力吸了一口氣，準備著手下一個工作。

隔天早晨，琵琵神清氣爽地醒來。

她的全身充滿了第一次完成工作的充實感，覺得自己好像變成了另一個人。

琵琵覺得找到了自己的容身之地。托可待她如親人，同室的匠人也都會教她各種技術。雖然大家都不太擅長和別人交談，但心地都很善良。

每天睡覺前，琵琵就會整理當天學到的事、思考的事，然後寫在滋記上。奇妙的是，每天早晨醒來，就知道該做的事，簡直就像是睡覺的時候，另一個自己找到了答案。

每天早上，都會看到滋奇的回覆。

不能坐在桌前工作。

即使坐在那裡絞盡腦汁，也想不出任何東西。早上一起床，就已經開始工作，然後一直持續到睡覺。走路的時候、吃飯的時候都要持續思考目前正在進行的工作，坐在桌前時，就會知道自己該做什麼。

妳可以慢慢練習。

滋奇

那天下午。

琵琵和托可約好在點心時間一起休息。當她完成下午的第一項工作，走出分類室時，托可已經滿面笑容站在門口等她。

「妳好像已經適應了。」

「對，雖然目前上午還只能完成五個……」

「這樣就足夠了。羅諾稱讚妳學習能力很強。」

琵琵高興得想要跳起來，但不知道該怎麼表達自己的興奮，只是喃喃地說：

「不，沒有啦……」

「終於可以吃到蜜絲的戚風蛋糕了！只要吃過一次，一定會愛上，下午的工作起來一定可以更有勁。」

大廳內擠滿了走向食堂的匠人。

「啊！如果不快點，就會吃不到了！」

托可跑了起來，琵琵用力追了上去。

跑進食堂，發現桌子都挪到四個角落，許許多多人圍著中央的大圓桌排成了漩渦狀。

一個女人在正中央尖聲叫了起來。

「喂！不要推！每個人一塊！」

「琵琵。趕快！」

托可衝到漩渦狀隊伍的最後，向琵琵招手。

「不知道能不能安全上壘……」

托可踮著腳，向漩渦深處張望。

「好了！只有現在在食堂內的人可以吃到！其他人明天再來。」

女人的聲音響徹整個食堂，後方傳來嘆氣的聲音。

「太好了！再晚一步就吃不到了。」

托可向琵琵扮了個鬼臉。隊伍稍微前進，終於可以看到桌子了。

桌子上放了一個巨大的戚風蛋糕，大人張開雙手也抱不起來。金黃色的蛋糕冒著熱氣，玻璃容器內倒了滿滿的金色液體。

「今天是加了很多核桃的戚風蛋糕，沾栗子泥和蜂蜜一起吃！」

「太好了！太幸運了！」

托可做出勝利的姿勢。

「蜜絲心情好的時候，就會有鮮奶油和蜂蜜。昨天是胡蘿蔔蛋糕，雖然不難吃，但還是有點那個。」

核桃、栗子和蜂蜜！琵琵覺得肚子咕咕叫了起來。

「快！快點往前走！」

隊伍呈漩渦狀，遲遲看不到聲音的主人。

隨著越來越接近漩渦的中心，漸漸聞到了小麥的香味，還有蜂蜜、栗子的香氣。

琵琵最先看到一隻纖細的手臂正在俐落地切蛋糕，隨意挽起的袖子搖晃著。手臂的主人動作流暢地放下刀子，用一個大木匙舀起滿滿的栗子泥放在蛋糕上，然後淋上蜂蜜。蜂蜜發出的金色光芒照亮了匠人的額頭。

琵琵從來沒有看過這麼漂亮的女人。

那個女人有一頭栗色短髮，從額頭到鼻子，從嘴巴到下巴的線條都美得像雕像。白色洋裝下的雙腿修長，就像羚羊一樣。

「小心別掉了！要吃光光喔。」

蜜絲用清澈高亢的聲音說著，把切下來的蛋糕交給匠人。

托可和琵琵站在蜜絲前。

「蜜絲，她叫琵琵，是新來的。」

托可大聲說道，蜜絲雙眼看著蛋糕，舀了滿滿的栗子泥，加了很多蜂蜜。這時才抬起頭，用一雙像夜晚湖水般的藍色眼睛看著琵琵說：

「啊喲，原來是小不點。」

「啊？」

「工作辛苦了，多吃點，傍晚的工作也要加油！」

蜜絲嫣然一笑。

琵琵愣在那裡，托可用手肘戳了戳她。

「喂，琵琵，怎麼了？妳擋到後面的人了。」

「喔，好。」

琵琵抱著盤子離開了隊伍，差一點絆倒。

「妳怎麼了？我們趕快找座位吃蛋糕。」

托可在剛空出來的桌子旁坐了下來。

「開動了。」

托可合起雙手，舀起一大匙栗子泥，張大嘴巴放了進去。

「哇，太好吃了，這個很少有機會吃到。琵琵，妳太幸運了。」

蛋糕在冒出來的熱氣中，簡直就像海市蜃樓般晃動著。

栗子泥中似乎加了栗子的澀皮，金色的蜂蜜好像慢動作的影像般一滴一滴慢慢滴在盤子裡。

琵琵舀了一小匙栗子泥放進嘴裡。之後，每當她回想起這個瞬間，肚子都會發出咕咕的叫聲。栗子的香氣撲鼻而來，在甜味和苦味的遠方，似乎可以看到秋天靜謐的森林。舌頭動個不停，似乎想要一直品嚐美味，拒絕她將栗子泥吞下去。

接著，她又嚐了蜂蜜。她最先感受到舌尖有點刺痛，但立刻發現那不是疼痛，而是甜味。純正的甜味像電流般從舌頭通往喉嚨，然後貫穿全身。

琵琵身體抖了一下，抬起了頭。

「是不是很好吃？」

托可向她擠眉弄眼，吃完了最後一口。

琵琵點了點頭，把湯匙放在像綢緞般的蛋糕上稍微用力。

她只用了比想像中小很多的力量，湯匙就發出了哐噹的聲音，碰到了盤子。她又沾了栗子泥和蜂蜜，一起放進嘴裡。

「——！」

琵琵發出無聲的聲音，當場愣在那裡。

「怎麼了？」

托可瞪大了眼睛。

「蛋糕……」

「蛋糕？」

「消失了……」

「原來如此！蜜絲的蛋糕讓人才剛吃完，就馬上又想吃了，而且完全不覺得肚子撐！」

琵琵又接著吃了第二口、第三口，栗子泥和蜂蜜的甜味在嘴裡擴散，核桃的香氣緊跟而來，飄向鼻子深處。

這簡直是夢幻蛋糕，讓人越吃越想吃。琵琵動著舌頭，依依不捨地追逐著栗子、蜂蜜、小麥和核桃的香氣。

她很自然地露出了笑容，托可也跟著笑了起來。坐在旁邊的匠人，還有旁邊的旁邊的匠人也都笑了。不知不覺中，整個食堂的人臉上都露出了笑容。

「吃完了就趕快回去工作！」

回頭一看，發現蜜絲倏地站了起來，雙手扠在腰上。

「好！琵琵，我們趕快走吧！」

琵琵站了起來，向蜜絲鞠了一躬說：

「太好吃了！謝謝妳！」

蜜絲用力拍了拍琵琵的肩膀說：

「謝謝！小不點！」

琵琵羞紅了臉跑走了。

✲

幾天之後的某一天。

琵琵在這天最後拆卸的暖爐零件數目和她第一次數的時候不一樣，於是她在晚餐後，又回到了分解室。

她重新數了零件的數目，對照了分解單上的數字，確認數字相符。

「太好了……」

隔了一段時間重新面對工作，可以輕鬆處理原本認爲很困難的事。雖然琵琵剛才一直很緊張，所以身體很僵硬，但感受著完成工作的充實感。

琵琵用舌頭在嘴巴裡動來動去，尋找著是否還有點心時間吃的戚風蛋糕味道，然後走向臥室。今天的蛋糕加了草莓醬和薄荷，完全沒有使用砂糖。

從分解室走回臥室時，必須穿越大廳，穿越長長的走廊。沒有其他人的空間，只有鞋子的聲音。

「啊……」

琵琵停下了腳步。

因爲她看到一個穿著白色睡裙的老婆婆走過去。

滿頭白髮的老婆婆一步一步慢慢走過去，看起來很辛苦。

琵琵跑過去，輕輕牽起了老婆婆的手。

「我來扶妳。」

老婆婆緩緩抬起頭看著琵琵，瞇起了眼睛。在臉上很深的皺紋之間的那雙眼睛宛如巨大的珍珠。

「啊，謝謝妳。」

老婆婆指著電梯的方向。琵琵配合老婆婆的腳步慢慢走進了電梯。

「幫我按四樓。」

「好。」

電梯開始上升。

工廠內靜悄悄的，齒輪的聲音格外大聲。老婆婆的手又軟又綿，她的體溫溫暖了琵琵的身體。

「小不點……妳是誰？」

老婆婆看著前方問。

「我叫琵琵。」

「琵琵。」

「對，我是凱瑟．修密特的外孫女，目前在這裡工作。」

老婆婆瞪大了眼睛。

「喔，是凱瑟的……凱瑟最近還好嗎？」

琵琵感到胸口一陣刺痛，低頭回答說：

「……外公、去世了。」

「喔喔……原來是這樣。我好像聽爺頭提過這件事，好像是很久之前的事了……

原來凱瑟離開了。」

琵琵默默點了點頭。

老婆婆什麼話也沒說，一直看著前方。

電梯在四樓打開了門，彩色的牆上有精巧的裝飾，地上鋪著天鵝絨的地毯，黃銅的燈從天花板垂了下來，蠟燭的火光照亮了走廊。

「往前走。」

她關節粗大的手指向一道紅色的門。

「謝謝，我什麼都不記得了，差一點連怎麼回來都不知道了。」

老婆婆在門前突然放鬆，琵琵很自然地鬆了手。

「小不點，謝謝妳。」

老婆婆並沒有碰到門，門就緩緩打開了。

琵琵從老婆婆的背後看到了房間內部。

房間發出了淡淡的粉紅色的光，天花板上掛了好幾層布幔，後方是一張好像洋蔥形狀的圓錐形床，用像是絲綢般的布料罩了起來。

「啊啊，今天的世界也很美好。」

老婆婆小聲說完，走向了床。

那天晚上，琵琵做了一個不可思議的夢。

她回到了卡雷恩市，站在鐘塔廣場上。

外公抬頭看著停擺的鐘塔，琵琵想要跑去外公身邊，但無論怎麼跑，都無法縮短和外公之間的距離。

「外公！」

——她想要叫出聲音時就醒了過來。

「什麼？妳去了馬丹姆的房間？」

托可驚叫起來，把早餐的炒蛋都噴了出來。周圍的匠人都驚訝地看了過來。

「昨天我很晚才下班，陪著一個在大廳迷路的老婆婆一起去了四樓。那個老婆婆叫馬丹姆嗎？」

「我從來沒有去過四樓，馬丹姆有沒有對妳說什麼？」

「沒有，我們只是稍微聊了幾句我外公的事。」

「這樣啊？她還記得妳嗎？」

「我第一次見到她，她怎麼可能記得我？」

「才不是這樣！妳曾經和馬丹姆見過好幾次。」

琵琵把叉子叉在番茄上，一臉錯愕的表情。

「這件事啊……啊，說起來很複雜。」

托可抓了抓頭，然後探出身體，在琵琵的耳朵旁邊小聲地說：

「蜜絲和馬丹姆是同一個人。」

琵琵在腦海中將切蛋糕的蜜絲和老婆婆的臉重疊在一起。

「她們兩個人都叫我……小不點。」

「沒錯沒錯，她們就是同一個人。」

她腦海中又浮現出穿白色睡裙的少女身影。

「啊，那個女孩也叫我……小不點。」

「那是蕾蒂。」

「蕾蒂？」

「對，她早上是蕾蒂，白天是蜜絲，傍晚是蜜賽絲，到了晚上就是馬丹姆，都是同一個人……」

「蜜賽絲……？」

「因爲那時候她都在廚房做晚餐，所以看不到她，但爲我們做晚餐，然後爲隔天早餐做準備的都是蜜賽絲。」

「呃，所以她是蕾蒂．蜜絲……」

「蜜賽絲．馬丹姆。」

「啊……所以蜜賽絲……馬丹姆都是同一個人，在一天之內長成嗎？」

「沒錯沒錯，我一開始也很驚訝，我應該更早告訴妳這件事。因爲妳很專心工作，所以我都忘了。」

「所以馬丹姆經過一個晚上之後，又變回蕾蒂嗎？」

「對，過了一個晚上之後，就全都忘光光了。沒有人知道她在睡覺的時候發生了什麼事，我聽說她睡在時光繭中。」

「時光繭……喔，你是說馬丹姆的床嗎？」

「妳也看到了時光繭嗎？琵琵，妳太厲害了。」

那天晚上，琵琵在滋記上寫了去馬丹姆臥室的事。

滋奇回覆了以下的內容。

什麼？妳去了馬丹姆的房間？

太驚訝了。

但是，妳千萬別在爺頭面前提起這件事。

尤其絕對不能提時光繭。

因為問題很複雜。

滋奇

第八章 ✉ 第一次跑腿

有一天早晨，當琵琵翻開滋記，在最後一頁看到了以下的回覆。

早安。
今天下午來金魚缸一趟。

滋奇

滋奇的辦公室位在二樓匠人室的後方，辦公室都用玻璃圍了起來，從外面可以看得一清二楚，看起來就像是魚缸，所以匠人都稱爲「金魚缸」。

琵琵越來越熟悉分類室的工作，經常去匠人室跑腿。她有時候去看托可，羅諾有時候也會叫她倒茶，她只要一有機會，就會去匠人室。

時鐘匠人把好幾百個零件都一個一個擦乾淨，重新組裝起來；玻璃匠人把模糊的鏡子擦得閃閃發亮；樂器匠人讓已經吹不出聲音的小號重獲新生。

有一名匠人和一個不知道派什麼用場的複雜機關盒奮戰多日，看起來好像每天在做不同的作業，但其實他已經修理了三個月。不知道要花幾個月的時間才會完成。

琵琵在午餐後去了金魚缸。

托可得知滋奇找琵琵，露出了複雜的表情。因爲匠人中也很少有人能夠直接和滋奇說話。

滋奇正在金魚缸內把文件從櫃子裡拿下來後翻閱，區分需要和不需要的文件。

咚、咚。琵琵敲了敲金魚缸的玻璃，滋奇抬起了頭。

「妳在幹什麼？趕快進來！」

他邊抖著腿邊大聲喊著。

「打擾了。」

「嗯，工作情況怎麼樣？」

「嗯，已經慢慢適應了，只是速度仍然快不起來。」

「越是想要快的時候，越是要慢慢做。」

「我知道，不急的事要趕快完成……」

「沒錯。」

滋奇推了推眼鏡，在椅子上重重地坐了下來，把腳蹺在桌子上。叮！地一聲，打開了打火機的蓋子點了菸，噴雲吐霧起來。

琵琵從皮包裡拿出滋記，鞠了一躬說：

「滋奇先生，每次都很感謝你。」

「喔，剛好寫完了。這是第幾本？」

「第四本。」

「嗯，不錯。」

滋奇轉動椅子，面對著櫃子，拿出兩本皮革記事本，把其中一本丟到琵琵面前。封面上寫著『P．S』。

「啊……！」

琵琵忍不住叫了起來。因爲當滋奇翻著他手上的記事本上，桌子上的另一本記事本也翻開了。

滋奇看到琵琵瞪大了眼睛，笑了起來。

「這個記事本，兩本是一組，我之前也和凱瑟——妳外公用這本記事本對話。」

他又吐了一口煙。

「外公也……？」

「今天要請妳出去跑腿。」

「出去？」

「希望妳幫忙送這個。」

滋奇用手指敲著裝了一疊紙的牛皮紙信封。

「這是什麼？」

「妳不需要知道裡面是什麼，妳只要把這個信封送去某個地方就好。」

「好。」

「但是，光是送過去還不行。」

滋奇眼鏡後方的雙眼露出了銳利的眼神。

「妳要把我接下來說的話正確傳達給對方。」

「好，我知道了。」

「那我就說囉，妳記下來。」

「好。」

琵琵翻開了散發出新紙張味道的滋記，拿起了筆。

「這裡和那裡發生了異常狀況，記憶和記憶的帳冊對不起來，回憶消失了，請緊急確認。」

這件事似乎和這個世界，以及琵琵以前住的那個世界有關。

琵琵記下了每一個字，滋奇手上的記事本上，也出現了琵琵寫的字。

「嗯，不錯。」

滋奇看著記事本，點了點頭。

「請問我要送去哪裡？」

「我剛才不是已經說了嗎？」

琵琵愣在那裡。

「啊！我還沒說嗎？」

「對……」

「喔喔，原來是這樣，原來我還沒說。嗯，問題很複雜。」

滋奇開始在他手邊的記事本上畫地圖，琵琵手上的滋記上也出現了從亞細德加工作所經過匠人街，筆直通往廣場的路。

「妳先去楨骨，就是齒輪廣場，妳知道嗎？」

「我知道。」

「到了楨骨之後，妳就等在原地。一旦走動，就會搞不清楚哪一條路。楨骨按照順時針的方向旋轉。」

滋奇在匠人街的盡頭畫了一個齒輪。

「既然楨骨是按順時針的方向旋轉，當妳來到楨骨之後回頭看……會看到什麼？」

「嗯，會看到道路從右轉向左……」

「沒錯。」

滋奇在楨骨的另一側畫了道路，在旁邊寫了一個3。

「來到楨骨後回頭看，等三條道路經過，第四條道路就是妳要去的福拉威恩路。」

滋奇寫下了「福拉威恩路」幾個字，然後在幾個轉角處分別畫上了郵局、麵包店和眼鏡行等標誌。

「轉過有眼鏡行的街角後，再走一小段路，就會看到河流。只要看到河流，離目的地就不遠了。走過橋之後，會看到有三面旗幟和三角形屋頂的房子，那裡就是玩具博物館。」

「玩具博物館？」

「對，那裡有各式各樣的玩具。妳到那裡之後，要說自己是亞細德加工作所派來的。有一件事必須注意，那就是只要一踏進那個博物館，就非玩不可。」

「非玩不可？」

「對，因爲館長很麻煩，他叫艾魯涅，不要說是我們大人，即使是小孩子，如果沒有玩心，只是被大人派去跑腿，就會被他趕回來。」

「非玩不可……和館長玩嗎？要怎麼玩？」

「我也不知道，平時都是一大早請蕾蒂送過去，但現在已經過了中午，她快要變成蜜賽絲了，所以她……沒辦法去了。」

「是，那我去。」

「好，那就交給妳了，這份文件和……」

琵琵拿起滋記，大聲朗讀起來。

「這裡和那裡發生了異常狀況，記憶和記憶的帳冊對不起來，回憶消失了，請緊急確認。」

「嗯，很好。」

滋奇啪地一聲闔上了手邊的記事本，琵琵手上的記事本也啪地一聲關了起來。

「那就交給妳了。」滋奇又轉身面對櫃子小聲嘀咕：「問題很複雜。」

然後，他又繼續整理文件。

琵琵抱著牛皮紙信封走出金魚缸，看到托可站在柱子後方。

他剛才看著自己和滋奇說話嗎？托可看到琵琵，立刻轉身快步走回了自己的工作桌。

「托可！」

托可坐了下來，拿起了一個老舊的傀儡，拿起剪刀，剪斷了連結關節的線。

「托可。」

「嗯。」

托可頭也不抬，冷冷地應了一聲。

「好厲害，這是傀儡吧？」

「對。」

「滋奇先生剛才找我去辦事。」

「嗯，我知道。」

「我要把這個送去玩具博物館。」

「琵琵，妳真好，可以有特殊待遇。」

「啊？」

「凱瑟．修密特的外孫女果然不一樣。」

托可說完這句話，沒有再看琵琵一眼。

琵琵感到腳底冰冷。

琵琵離開工廠，走向匠人街——漢德威克街。

落葉的香氣撲鼻而來，一陣寒風吹過，她覺得一陣鼻酸。

凱瑟．修密特的外孫女果然不一樣——

托可剛才說的話一直在耳邊打轉，她內心湧起一股難以形容的寂寞。

她沿著牆壁走了一段路，看到漢德威克街出現在右側。

不知道為什麼，有好幾家工廠都拉下了鐵捲門。

齒輪廣場在道路盡頭緩緩轉動，琵琵踏進槓骨，然後轉頭向後看。

她拿出滋記，用手指著滋奇在地圖上寫的3這個數字。

「第三條路。」

第一條路剛好經過眼前，琵琵等待第二條路經過。

第二條路的遠方有一個種了七葉樹的公園，黃色的落葉隨風飄舞，就像遊行隊伍撒的紙花。

琵琵的雙眼被好幾百個氣球吸引，一個高大的男人在七葉樹下把氣球送給許多小孩子。

「啊！」

一個小女孩沒有拿好紅色的氣球，氣球被風吹走，轉眼之間，就消失在冬日的天空中。

轟隆轟隆——第三條路出現在眼前。

那是一條狹窄的小路，兩旁是高牆。

「第三條路。」

琵琵小聲嘀咕後，踏進了堅硬石板小路。靴子底可以感受到石板又冰又冷。

「這裡就是福拉威恩路。」

但是，琵琵這時候還沒有發現。

滋奇剛才對她說——

到了槓骨之後，回頭等第三條路經過，第四條路才是她要去的福拉威恩路。

在相同的時刻，卡雷恩市的墨勒諾市長正從市長室低頭看著鐘塔廣場，緬懷著死去的父親。

以前，這個國家曾經發生了一場大規模的戰爭，卡雷恩市也遭到了破壞。戰後，墨勒諾的父親就是重建卡雷恩市的匠人之一。

父親將卡雷恩市的傳統技法和最新的科學、技術相結合，創造出革新的商品。他除了將自己的能力發揮在匠人的工作上，還參與設計建造卡雷恩市北岸的新城區。

市長很喜歡聽父親談論建造新城區的事，也爲父親感到驕傲，他一直深信，自己也會和父親一樣成爲匠人。

但是，在某一天之後，一切都發生了變化。

某天晚上，父親無力地縮著高大的身軀回到了家裡，渾身被雨淋得濕透。

「工廠倒閉了。」

父親閉口不談工廠倒閉的原因。

聽說父親著手開發舊城區，卻捲入了對立，有志難伸，不得不放棄原本的開發計畫。

那天之後，父親就像變了一個人，沉默寡言，經常關在房間內。

幾年之後的某一天。

連續下了好幾天雨，卡雷恩市又濕又冷，好像隨時會下雪。媽媽臉色鐵青地走進房間。

「爸爸不見了。」

市長和母親一起四處尋找父親。

他們猜想父親可能去了平時作業的倉庫，倉庫就在附近，但倉庫鎖上了門，他們叫了好幾次，都沒有聽到回應。

市長和母親找遍了整個卡雷恩市，匠人也都全體出動，一起尋找父親的下落。

隔天在倉庫內找到了父親。他結束了自己的生命。

「當時應該把倉庫的鎖撬開。」

市長內心留下了深深的懊惱。

父親以革新爲目標，這是他身爲匠人的生命意義，這種生命的意義卻被人奪走了，所以才會走上絕路。

一旦被舊思想所束縛，就無法進步。

自己必須繼承父親的遺志。

從那天開始，完成父親未竟之志，就成爲他人生的意義。

卡雷恩市今天的天空也和那天一樣烏雲密佈。

他想起了黑色代理人說的話。

只要帶走人們對過去的回憶，讓他們只考慮眼前這個瞬間，未來就操之在我們——

他坐在桌前，打開了筆記型電腦。

三個黑色代理人留下的記憶卡內有加密的檔案，輸入寫在名片上的密碼後，螢幕上出現了提議書的封面。

「卡雷恩市 新改革提議書」

日期下方的「記憶連鎖公司」的六角形標誌慢慢閃爍著。

點選目錄後，出現了十個項目。

1. 卡雷恩市匠人工會主要人物關係圖
2. 卡雷恩市工廠所在地
3. 卡雷恩市博物館及紀念館所在地

匠人工會的人物關係圖、工廠，以及保存了卡雷恩市歷史和傳統的博物館和紀念館除了地址以外，還附上了地圖。

接著是執行方案。

4. 帶走回憶的方法。
5. 消除老舊事物的方法。
6. 避免市民有空閒時間的方法。
7. 提供回憶建檔服務。
8. 提供城市煥然一新的遊戲。
9. 拆除鐘塔，將舊城區打造成智慧城市計畫。
10. 帶走人們的記憶，未來操之在我們。

提議書的內容很具體。

卽使所有職員發揮創意，應該也無法寫出這麼具體的計畫。聽最近被任命爲研究改革提議負責人的修密特說，那幾個男人的計畫已經在檯面下開始推動，可以立刻付諸執行。

市長想起了父親在倉庫內冰冷的屍體。

這個決定到底是否正確？

這個城市是否會因此失去回憶？

新的改革計畫將大幅改變市民的生活。

但是，目前卡雷恩市的財政拮据，如果無法跟上世界規模的改革浪潮，卡雷恩市就無法生存。

改革將無可避免地帶來陣痛，但如果不改革，將有越來越多市民失去工作，生活失去著落——他這麼告訴自己。

他用內線電話打給秘書。

「市長，你找我嗎？」

「召集改革小組成員，然後把我剛才傳的檔案列印出來，要列爲極機密資料。」

「瞭解。」

市長站了起來，再度站在窗前低頭看著廣場。遠處響起了雷聲，像那天一樣的冰冷雨水打在壞掉的鐘塔上。

⚙

幾個小時後。

黑色代理人出現在舊城區深處的某個廣場上。

廣場的正中央有一口水井，慰靈碑發出淡淡的光芒。

正中央的男人張開了抿成一條線的嘴巴。

「這個廣場曾經發生過悲劇。」

站在左右兩側的男人不發一語地看向正前方。

「住在舊城區的人，和想要讓這個城市獲得重生的人之間產生了對立。」

廣場上靜悄悄的，男人注視著慰靈碑沉默片刻後，再度開了口。

「墨勒諾市長有沒有答覆？」

「剛才接到他的通知，他說要實施新改革計畫──」

「我們爲了迎接這一天，做了充分的準備……」

「對。如今終於可以作爲市政政策執行這個計畫，也會提供市民的個人資訊……」

「那個世界的情況怎麼樣？」

「隨著新改革計畫的實施，可望大幅推動計畫……」

「必須趕快消除這個城市的回憶。」

「是，首先要拆除成爲卡雷恩市象徵的鐘塔，推動舊城區成爲智慧城市。」

中間的男人露出滿意的表情後，低頭看著慰靈碑說：

「有沒有查到亞細德加工作所在哪裡？」

「還沒有，目前正在尋找通往那個世界的入口。」

「要趕快查清楚，絕對不能允許他們像上次一樣，阻礙計畫的進行。因爲人們一旦找回回憶就麻煩了……」

「是……我們一定會找到通往那個世界的路，查到回憶修理工廠在哪裡。」

琵琵走在石板路上，內心越來越不安。

可能走錯路了……

她沿著來路往回走，也找不到成爲記號的店家，更不知道怎麼走回槓骨。

小路兩旁都是紅磚房子，簡直就像迷宮，一直通往遠方。

不安幾乎撕裂了她的胸膛，她的雙腿顫抖起來。太陽快下山了，只剩下微光照在房子和房子之間的石板上。

琵琵的身體抖了一下，拉起了工作服的領子，抬頭看著天空。

無數交錯的繩子上晾曬了很多衣服。

遠處傳來烏鴉的叫聲。

她又走了一會兒，來到一個小廣場。

廣場中央有一口水井，周圍的石板濕了，發出

淡淡的光。

水井旁有一塊石碑，發出黑光的石碑上，雕刻著人們扭打在一起，滿臉痛苦的表情。

「這是什麼……？」

琵琵察覺到背後有動靜，轉頭一看，淡淡的藍光浮現在她的鼻子前。

藍光是人臉的形狀。

藍光中勉強可以分辨是眼睛的部分注視著琵琵，嘴巴的位置張開了。

「妳怎麼……會來這裡？」

琵琵用力吞著口水。

「我……迷路了。」

藍光問她：

「妳要去哪裡？」

「我要去福拉威恩路……」

「福拉威恩路。」

「對。」

「我已經很久沒去那裡了，好幾個月、好幾年。」

藍光似乎在回想遙遠的往事，在琵琵眼前漂浮片刻後，用低沉而又寧靜的聲音在琵琵的鼻子前說：

「妳不可以來這裡。」

接著，又出現了一個又一個藍光，照亮了廣場。

琵琵費力地擠出聲音說：

「請問我要怎麼回到槓骨？」

「槓骨……」

藍光似乎努力喚醒記憶。

「對喔……自從被關在這裡之後，就徹底忘記了槓骨。」

「你們被關在這裡嗎？」

「以前可以自由前往福拉威恩路和槓骨，但是，那天晚上之後，就無法再去了。」

「那天晚上……？」

那些藍光發出的無言呻吟淹沒了整個廣場，周圍的牆壁都被染成了一片藍色。

「妳趕快離開這裡，妳不該留在這個記憶中。」

藍光形成了一道光帶，消失在向晚的天空中。

第九章 夢想和現實都存在

當琵琵回過神時，發現自己站在槓骨的入口。

那個廣場到底是哪裡——那些藍光又是什麼？

轟隆轟隆……齒輪廣場旋轉著，新的路出現在眼前。

那條路的入口掛著牌子。

牌子上寫著——

福拉威恩路。

琵琵鬆了一口氣，朝著河流的方向邁開步伐。

河流上有一座白色拱橋，每根柱子上都雕刻著人類和動物的臉，橋的另一側是相同的臉，相互注視著彼此。

笑臉、憤怒的臉、悲傷的臉、沉思的臉——

琵琵走在橋上，一下子笑起來，一下子感到很焦慮，又一下子陷入了沉思。

走過喜怒哀樂橋，琵琵釋放了內心所有的感情，感到整個人神清氣爽。

走了一會兒，看到了滋奇說的三面旗幟。

藍、黃、綠三色旗子上，分別畫了小熊、中熊和大熊。琵琵覺得以前好像在哪裡看過這三隻熊。

天色已經暗了下來。

琵琵站在三角形屋頂的紅磚水泥房子前。淡藍色的牆壁上有六扇拱形窗戶，房子的右側有一道對開的門，看起來像是入口。她抬頭張望，發現有好幾扇窗戶透出了燈光。

琵琵抱著皮包，確認了手上文件的份量後，站在門前。漆成鮮豔藍色的木門正中央有一個門環。門環的外形既像是貓，又像是貓狸，露齒而笑的嘴裡啣著閃亮亮的把手。琵琵拿起把手敲了敲門，把手發出了咚、咚的低沉聲音。屋內沒有反應。她又敲了一次，還是沒有反應。

「瞪瞪瞪。」

「哇！」

琵琵嚇得跳開了。

貓狸的眼睛骨碌碌地轉了一圈，眨了眨眼睛。

「瞪瞪、瞪瞪瞪。」

琵琵戰戰兢兢地走到門前，問貓狸：

「請問……我是亞細德加工作所派來的，滋奇先生要我來送東西……」

貓狸張大鼻子說：

「來玩啊，來玩啊。」

琵琵想起了滋奇的話。

一踏進那個博物館，就非玩不可——

所以，現在已經開始玩了嗎？

琵琵抱著雙臂思考起來。

「一旦思考，就玩不起來了！」

貓狸大叫著。看起不需要思考，直接動手比較好。

琵琵拿起把手，帶著節奏，咚咚咚咚咚！地敲了起來。

貓狸轉動著眼珠子大叫：

「繼續！繼續！」

琵琵覺得很好玩，用歡快的節奏，咚答答咚答答地持續敲著門環。

「瞪瞪、瞪瞪瞪！」

原本緊閉的大門緩緩打開了。

琵琵向貓狸鞠了一躬，走進了博物館內。

啪地一聲，門在身後關了起來，原本昏暗的博物館內頓時燈光大亮，眼前是一個像在電影中經常看到的舞池般空間。

金色的柱子和五彩繽紛的牆壁出現在眼前，地毯上繡著四季花草，巨大的水晶燈光芒四射。

左右兩側都有通往二樓的漂亮樓梯，樓梯旁掛著各式各樣巨大的盔甲和面具，都低頭看著琵琵。

牆壁前都是玻璃櫃，裡面放滿了鐵皮車、絨毛娃娃和木製玩具，以及各式各樣的遊戲。

像昆蟲翅膀般的風扇在天花板旋轉，螺旋槳飛機和外形像鳥一樣的水上飛機也掛在天花板上。

琵琵看著眼前宛如童話世界般的空間出了神。

「這麼晚了……有什麼事？」

這時，響起一個深沉、好像地鳴般的聲音，好像是整棟房子在說話。琵琵向前一步，誠惶誠恐地回答：

「亞細德加工作所派我來這裡，滋奇先生要我來送這個。」

她從皮包裡拿出文件，但沒有聽到任何回答。

琵琵巡視四周。

樓梯下方有一頭紅色木馬，琵琵把木馬搬到樓梯下方，騎在木馬上大聲叫了起來。

「嘿呀！吼！亞細德加工作所派我來！滋奇先生要我送文件！嘿呀！吼！」

大廳內仍然鴉雀無聲。琵琵羞得臉都紅了，但她告訴自己不能畏縮。

琵琵從放樂器的架子上拿了鐵皮鼓，噹噹噹地敲了起來。在卡雷恩市，每逢嘉年華會，小丑就會在街上又蹦又跳，開心地敲鑼打鼓。

樓梯上傳來了竊笑聲。

是館長嗎？琵琵揮汗如雨，繼續敲著鼓。

這時，又響起了說話聲。

「這麼晚了，有什麼事……的事！」

琵琵停下了敲鼓的手，思考著這句話的意思。

「啊！」

她的腦海中閃現了一個答案。她用力吸了一口氣，大聲地說：

「是！……是這麼棒的博物館，眞想要一直玩不……停！」

「挺！……厲害的嘛，妳這個陌生的女孩。是誰派妳來這……裡！」

琵琵高舉著文件回答說：

「裡……面是文件，我剛到這裡。亞細德加工作所的滋奇先生要我送這個過……來！」

聲音的主人回答說：

「來！……這裡，快把文件拿出來。那我就下……樓！」

「樓！……上的回答太令人感動了……這是滋奇先生要我轉交的文……件！」

琵琵發現只要和聲音的主人玩文字接龍，聲音的主人就會回答。

琵琵把文件放在最下面的那格樓梯上。

樓梯上方出現了一個延伸到天花板的巨大影子。琵琵的喉嚨發出了咕嚕的聲音。

他就是玩具博物館的館長艾魯涅嗎？

影子漸漸出現了明顯的輪廓，一個人站在樓梯上方。

「咦？」

琵琵忍不住驚叫起來。

因爲站在樓梯上方的是身高只有琵琵一半的小男孩。

「你是……艾魯涅館長嗎？」

「嗯，我就是。妳貴姓？」

「姓！……修密特，名叫琵琵，目前在亞細德加工作所當學徒。」

「不玩文字接龍了啦！」

少年說完這句話，費力地右腳跟著左腳，右腳跟著左腳下了樓梯，來到琵琵面前。

「這麼晚了，竟然派像妳這樣的小孩來這裡，眞是稀奇啊。」

「對不起，我剛才迷路了，所以才會這麼晚。」

「蕾蒂呢？」

「啊，蕾蒂現在……」

「喔，對喔，她現在應該快變成老婆婆了。先不管這些，我們要玩什麼？」

艾魯涅一雙大眼睛閃閃發亮，握住了琵琵的手。

雖然他看起來才五歲，但說話的方式像大人。一頭栗色頭髮東翹西翹，他張開一直延伸到耳朵旁的嘴巴笑了起來。

他的肩上披了一件很長的深藍色斗篷，胸前用金龜子的胸針固定，像小丑穿的黑白雙色皮鞋每走一步，就發出啪答啪答的聲音。

「啊……滋奇先生要我轉達一句話。」

「滋奇？喔，就是蕾蒂那裡的大叔。那個大叔每次都很囉嗦，我不太喜歡他。」

琵琵拿出滋記翻開，深呼吸後，一口氣朗讀起來。

「這裡和那裡發生了異常狀況，記憶和記憶的帳冊對不起來，回憶消失了，請緊急確認。」

艾魯涅的臉上立刻露出了大人的表情。

「原來是工作的事，真無趣。」

他的話音未落，身體就不斷長高，從少年變成了青年，又從青年變成了中年男人，最後變成了一頭白頭和白鬍子的老人。

「遊戲時間結束了。」

琵琵滿臉錯愕，艾魯涅向她使了一個眼色，笑著說：

「走吧，我們去書房，讓我看那份文件。」

琵琵小心翼翼地跟在館長身後跑了起來，以免踩到他的長斗篷。

博物館的通道和牆壁上也都有很多遊戲。

每走上一級階梯，就會發出管風琴的聲音，肖像畫的主人開始唱歌。

「跳房子！」

樓梯口鋪了圓形、三角形和四方形的石頭，艾魯涅玩起了跳房子。白髮、白鬍子的老人玩跳房子的樣子很滑稽，但琵琵也努力跟著一起跳。

經過樓梯口後，前方鋪著天鵝絨的地毯。

「吼咿吼咿吼咿吼咿。」

艾魯涅挺直了身體躺了下來，在地毯上打起了滾。

「吼咿吼咿吼咿吼咿。」

琵琵也顧不了那麼多，跟著在地毯上打起了滾。

琵琵覺得越玩越開心，不知不覺中，忘記了托可對她的冷淡，也忘記了剛才迷路感到的不安。

穿越走廊，來到一個天花板上畫了壁畫的圓頂房間。

壁畫的一半是畫了太陽的白天，另一半是出現了月亮和星星的黑夜，緩緩地旋轉，星星用細線掛在天花板上，反射著燈光，閃閃發亮。

「進來吧，這裡就是我的書房。」

「哇……」

那裡看起來不像書房，更像是充滿夢幻的小孩子房間。絨毛娃娃、機器人、積木、拼圖，五顏六色的蠟筆、顏料和畫板，還有許許多多玩具房子，可以搭建一座城市。

艾魯涅坐在一張有頂篷的椅子上。

他向琵琵招了招手，示意在他旁邊坐下。他打開餐具櫃，茶杯浮了起來，落在琵琵面前。

「這是柳橙茶。」

茶杯下的茶托上放了一片有一半沾了巧克力醬的柳橙。茶壺飄來飄去，爲他們兩個人的杯子裡倒了茶。

「謝謝。」

甘甜清新的香氣撲鼻而來，琵琵覺得腦袋頓時變得很清醒。她咬了一口巧克力，滿嘴都是可可豆的香氣，充分襯托了柳橙的甘甜。

「好了。」

艾魯涅開始看文件，他的眼神頓時變得很認眞。

在艾魯涅看文件時，琵琵打量著眼前的夢幻空間。

用鐵皮做的太空船最先吸引了她的目光。

太空船上坐了好幾十個聖誕老人，好像隨時要出發前往壁畫中的天空。琵琵小時候就很納悶，一個聖誕老人要怎麼去全世界各地送禮物，現在終於瞭解了其中的秘密。

艾魯涅在轉眼之間就看完了文件。

「唉。」

他輕輕嘆了一口氣，拿下了老花眼鏡。

「記憶和記憶的帳冊的確對不起來。」

「記憶和記憶的帳冊……？」

「嗯，要從哪裡說起呢？」

艾魯涅露出好像深泉般的雙眼注視著琵琵。

「琵琵，妳是從那個世界來到這個世界，對嗎？」

琵琵點了點頭。

「妳以前住的世界和這個世界藉由回憶的交流，保持了均衡。」

「均衡？」

「就是維持了平衡的意思。」

翹翹板的玩具從架子上飛了起來，落在他們面前。

那是塗成紅色、藍色和綠色的木頭翹翹板，兩端可以放砝碼。

「假設妳看到的右側，是妳之前生活的那個世界，左側是我們目前所在的這個世界。」

「好。」

琵琵在鬆軟的坐墊上重新坐好，館長在翹翹板兩端各放了兩個砝碼。

「那個世界的回憶會送到這個世界，並不是所有的回憶都很美好，相反地，反而是受了傷的回憶更多。」

館長把翹翹板右側的砝碼移到了左側。

翹翹板的左側緩緩下沉。

「受了傷的回憶送到這個世界修理，有時候幾天就修好了，有時候要幾個月，甚至需要幾年的時間。爺頭和其他匠人修復的回憶會再次送回那個世界。」

館長把砝碼放回了原本的位置。

翹翹板再度恢復了平衡。

「我……想要修好外公送我的人偶，所以來到這個世界，這也是受了傷的回憶嗎？」

「是啊，像妳這樣，物品的主人親自來這裡的情況很罕見。雖然以前這個世界和那個世界的人可以自由來往……」

「爲什麼那個世界的人……不再來這個世界了？」

「因爲像妳外公那樣的人越來越少，我問妳，在那個世界的東西壞了，現在都會怎麼辦？」

琵琵腦海中浮現出麗娜拿著最新型的遊戲，滿臉笑容的樣子。

「應該會買新的。」

「是啊。一旦有了新的東西，就會忘記以前很珍惜的東西，然後就會不停地想要新的東西。」

「回憶也一樣嗎？」

「人們忘記回想過去，不斷地熱衷於新的事物。這種情況一直持續，那個世界的人就會忘記這個世界的存在。」

「外公以前曾經對我說，如果無法珍惜過去，就無法思考未來……」

「嗯，很像是凱瑟會說的話。」

「你也認識……我外公嗎？」

「當然認識，凱瑟是很出色的匠人，他以前也常常帶著在那個世界完成使命的回憶來這裡。」

艾魯涅停頓了一下，露出關心的表情問：

「滋奇也很想知道……凱瑟到底是怎麼死的？」

琵琵垂下了頭。

「我不記得……外公去世時的事了。」

「妳可能不是不記得，而是想不起來。」

「啊……？」

艾魯涅站了起來，緩緩巡視著書房。

「這個書房內的所有東西都曾經屬於別人，沒有任何一樣東西不曾被人使用過。」

艾魯涅打開了放了很多絨毛娃娃的櫃子，從裡面拿出了一個絨毛娃娃。

「比方說，這個娃娃曾經屬於那個世界的一個三歲小女孩。」

那是水獺的絨毛娃娃。

絨毛娃娃有些地方磨損了，用布重新縫好了。

「令人難過的是，那個小女孩夭折了，但是，這個世界的匠人修復了回憶——所以目前在這裡。」

「沒有送回原來的世界嗎？」

「當然送回去了，那個小女孩的父母都很珍惜這個人偶，但之後她的父母也離開了那個世界，娃娃完成使命之後，就保管在這裡。那個小女孩降臨那個世界是很久以前的事了，保管在這個博物館內的所有東西，都完成了回憶的使命。」

琵琵拿起了那個絨毛娃娃。

那個娃娃很舊，棕色的眼珠子不是塑膠，而是用植物的樹脂做的，裡面有一些小氣泡，反射了書房內的燈光，看起來亮晶晶。

「而且……回憶並不一定是有形的東西。這個世界的匠人越努力工作，那個世界的人心就會越豐足；只要那個世界的人珍惜回憶，這個世界也會充滿活力，但是，最近漸漸失去了平衡……」

「是什麼原因呢？」

「不知道，但滋奇和爺頭為此傷透了腦筋。話說回來，他們經過大風大浪，應該不會太在意，只不過滋奇一定會說……」

「問題很複雜……對不對？」

「沒錯，問題很複雜。」

館長露齒一笑。

「好了，如果整天玩，滋奇和爺頭又要有意見了，我接下來會努力查明原因。妳今天可以在這裡住一晚，我會打電話通知工廠那裡。」

琵琵的眼前不知道什麼時候出現了一張桌子。

桌子旁有一張大椅子、一張中椅子，還有一張小椅子，以及剛好可以讓琵琵坐得很舒服的椅子。

「妳可以好好享受晚餐，只是這裡的晚餐有點特別。」

「該不會要邊玩邊吃晚餐……？」

「怎麼可能！哪個世界吃飯可以不專心？不過，在那個世界，有站著吃飯的奇怪習慣……」

館長打了一個響指。

「哇哇哇！晚餐時間到了！」

琵琵瞪大了眼睛，剛才躺在地毯上的小熊娃娃猛然站了起來，大步走過來，在那張最小的椅子上坐了下來。

「啊呀呀，晚餐時間到了。」

一個中等程度的熊娃娃從堆得很高的坐墊中探出頭，坐在那張中椅子上。

「哇噢哇噢！晚餐的時間到了！」

一座絨毛娃娃的小山倒了下來，從裡面走出一個很大的熊娃娃，在大椅子上坐了下來。

琵琵愣在那裡說不出話。

艾魯涅向琵琵使了一個眼色說：

「他們是這裡的員工，分別叫米夏、梅夏和牧夏。米夏！現在還不能吃！」

「我知道！」

小熊鼓起了臉頰。

「快點！趕快坐下！我肚子都餓扁了！」

小熊似乎叫米夏。中熊娃娃笑著對琵琵說：

「很高興認識妳，剛才聽到你們的談話，妳迷了路，感到很不安，今天就住在這裡，好好休息休息。」

大熊娃娃用整個房間都可以聽到的聲音說。

「梅夏，要先吃飯。琵琵，妳趕快在米夏對面坐下來。」

原來中熊是熊媽媽梅夏，大熊是熊爸爸牧夏。

「那妳就慢慢吃，不必客氣！」

艾魯涅說完，拄著拐杖走了出去。

三隻熊雙眼發亮地看著琵琵。

琵琵向他們鞠了一躬，在剛好適合她的那張椅子上坐了下來。

「哇！今天好熱鬧！」

米夏拿起了湯匙和叉子，噹噹噹地敲著桌子。

「米夏，安靜點，不要吵。」

「因爲、因爲！很久都沒有客人上門了啊。」

「琵琵，謝謝妳來加入我們，蕾蒂雖然會來吃早餐，但晚餐時間很少會有客人。」

「今天就在這裡好好玩，妳可以在夢中玩到天亮。」

「在夢中？」

「哇哇！先來吃晚餐！」

米夏大叫著，雙眼炯炯有神地向琵琵使了一個眼色。

「那我先示範，妳看好了喔。」

米夏閉上眼睛，緩緩轉動腦袋，嘴裡唸唸有詞。他面前的小盤子喀答喀答搖晃起來，盤子周圍吹起一陣風，把米夏的鬈髮也吹了起來。

琵琶覺得空氣扭動的瞬間，米夏的盤子上出現了橘紅色的魚，發出了滋滋的聲音。

「奶油醬汁鮭魚！」

米夏大聲叫了起來，數公分厚的鮭魚上放了一大塊奶油，黃金色的液體流滿了整個盤子。一個很大的烤蘋果發出的甜蜜香氣飄進了琵琶的鼻子。

「要吃一點蔬菜！」

梅夏嚴厲地說完，水煮的青花菜就像樹木生長一樣，出現在米夏的盤子裡。

「唉！美食被毀了！」

米夏氣鼓鼓地說。

「接下來輪到我了。」

梅夏閉上眼睛，小聲嘀咕起來。

梅夏的盤子裡立刻出現了滿滿的沙拉。

「我最近在減肥。」

盤子裡的萵苣、羽衣甘藍、水芹和菊苣上有番茄和水果乾、堅果，簡直就像小鳥在植物園啼叫。

「妳該不會又要在半夜吃蛋糕？」

「老公，不用你管！」

牧夏哈哈大笑起來，閉上眼睛，全身用力。

呼！隨著一聲巨響，牧夏的盤子裡出現了一大塊在鐵板上滋滋作響的肉。

牧夏用湯匙舀起在鐵板上發出好像煙火一樣聲音的肉汁。

「嗯，太棒了。」

他一臉陶醉的表情說。

「琵琵，現在輪到妳了。」

米夏向桌子探出身體說。

「呃……要怎麼做？」

「妳只要回想就好。在腦海中回想目前爲止，自己吃過的東西中最好吃的東西！」

目前爲止最好吃的東西……那簡直太多了。

琵琵無法忘記在運動會時，和爸爸、媽媽一起吃的便當，也很喜歡只有在生日時可以吃到的年輪蛋糕，還有蜜絲的戚風蛋糕……

她閉上了眼睛，眼瞼內出現了在卡雷恩城址看到的夕陽。盤子發出了喀答喀答的聲音，她感覺到一陣像龍捲風的風吹過鼻尖，她睜開了眼睛。

盤子裡出現了三明治。

「三明治?妳應該選更特別的大餐。」

米夏探著身體說，梅夏責備他說：

「看起來很好吃啊，對琵琵來說，這就是她的大餐。」

「好，那我們就開動吧。」

「嗯，開動了！」

「開動了。」

三隻熊開始低頭吃各自的大餐。

琵琵注視著盤子中的三明治。

她的思緒再度飛回了卡雷恩市。

夕陽漸漸沉落在地平線，低空的雲像海市蜃樓般晃動著。廣場的鐘塔映照著夕陽，發出璀璨的光芒。

琵琵回想起跟著外公，第一次自己爬上卡雷恩城址時的情景。

外公從紙袋中拿出了卡雷恩市傳統的黑麥麵包，切下厚厚一塊扎實的麵包，抹了大量奶油乳酪醬，然後又夾了大量萵苣，好幾種火腿和切片的香腸，只用醋和鹽調味，完成了簡單的三明治。

外公用雙手用力一壓，讓琵琵的小嘴巴也很容易吃，然後用紙巾包起，交給了琵琵。

琵琵張開嘴巴咬了一口。

牙齒咬到了滋潤的萵苣，肉的美味和燻火腿的木頭香氣在嘴巴中纏繞，吸入了鼻子深處。黑麥的香氣和乳酪結合在一起，除了舌尖以外，連牙齦都可以感受到美味。

喉嚨發出了咕咕的聲音。琵琵有點搞不清楚自己到底在這個世界，還是在那個世界，還是在外公還活著的回憶世界。

然後，那個場景突然在腦海中甦醒。

那是從外公的工房走回家時的記憶。

時間是晚上。

琵琵緊緊握住了外公的手。

菲力茲在書包裡發出嘎答嘎答的聲音。

外公在鐘樓廣場停下了腳步，把披肩披在琵琵的肩上，抬頭看著鐘塔。

「妳在這裡等我一下，外公要去處理一件事。」

記憶就在這裡中斷了。

眼淚從琵琵的眼中滑落下來。

當她抬起頭時，看到三隻熊面帶微笑看著她。

琵琵擦了擦眼淚，也露出了笑容。

「眞好吃。」

那天晚上，琵琵躺在三隻熊的臂腕中。

琵琵在他們溫暖、柔軟的臂腕中，夢見和米夏一起玩。

琵琶在夢中坐上了聖誕老人的太空船，在世界各地旅行。

她在東方的國家，爲了保護身穿盔甲的王子而戰，然後騎著駱駝穿越了灼熱的沙漠。

米夏雖然是小熊，但知道很多事。

「因爲我每天晚上都在世界各地旅行啊。」

「你一個人旅行不寂寞嗎？」

「牧夏和梅夏都說，」米夏並不叫父母爸爸和媽媽，而是叫他們的名字，「一個人旅行才精采，而且在旅途上會遇到各式各樣的朋友，雖然到了早上，這些朋友都消失了……所以，琵琶，能夠和妳像這樣一起旅行眞是太開心了！」

米夏坐在有著一對巨大翅膀的鷲上笑著說。

他們要穿越很深的峽谷，飛進夢境世界中最大的瀑布。

「琵琶。」

「什麼事？」

琵琶坐在另一隻鷲的身上。

「妳爲什麼會來到這個世界？」

「因爲我想修理外公送我的機械人偶。」

「妳的爸爸和媽媽呢？」

「他們可能很擔心我，但滋奇先生說，那個世界和這個世界的時間不一樣……」

「嗯，機械人偶爲什麼會弄壞？」

「被別人弄壞的。」

「誰？」

「麗娜……」

「麗娜是誰？」

「是我班上的同學，大家都討厭我。」

「是喔。」

米夏一臉若無其事的表情，撫摸著鷲的背。

「大家爲什麼要欺負妳？」

「我不知道。」

「妳覺得呢？」

「這也是無可奈何的事，因爲我和大家不一樣，又是怪胎，整天都是獨來獨往……」

「妳修好機械人偶之後，有什麼打算？」

「這……」

這也是琵琵一直在思考的問題。

琵琵才十歲，她很想爸爸、媽媽，也知道自己不可能一直留在這個世界……

但是，她覺得目前在這個世界的自己，才是眞正的自己。她很想在亞細德加工作所成爲匠人——這是琵琵來到這裡之後，一直在思考的問題。

米夏好像看到了琵琵內心的想法，對她說：

「琵琵，妳覺得這裡的世界比那裡的世界更美好嗎？」

琵琵沉默片刻後，小聲地說：

「我之前就覺得很不可思議。」

「什麼？」

「醒著的時候，即使閉上眼睛，也什麼都看不到，但是，閉上眼睛睡著時，就可以淸楚看到那個世界，也可以感受到光和風。雖然大部分都是可怕的夢，和不愉快的夢……但是，夢境好像全都是現實，好逼眞。但是，終究還是要回到現實……」

米夏撫摸著鷲的頭說：

「不對喔，兩個世界都存在。」

「啊……？」

米夏露出一臉理所當然——的表情，注視著琵琵，大聲叫著：

「走囉！」

他緊緊抱著鷲，飛下峽谷，轉眼之間，就變成了一個小黑點，消失在乳白色的霧中。

「哇！」

琵琵坐著的那隻鷲轉過頭，用一雙好像會被牠吸進去的眼睛看著琵琵，好像在對她說：

「不必害怕。」

琵琵感受著劇烈的心跳，摸著鷲的羽毛。

她閉上眼睛，雙腳用力。鷲的身體鼓了起來，好像在呼應她的力量。琵琵覺得好像一下子進入了無重力的狀態，接著腰部感覺到一股很大的力量，劇烈的衝擊貫穿了全身。

琵琵睜開眼睛，發現眼前是一片藍天。

米夏在下方的溪谷中緩緩滑行，向她揮著手。

琵琵慢慢降低高度，扯著嗓子大聲對米夏說：

「好厲害！米夏，好厲害！」

「啊哈哈，琵琵，妳飛得很好！趕快跟上來！」

兩隻鷲並排穿越了陡峭的山谷。

米夏坐的那隻鷲微微傾斜身體，然後靠了過來，避免翅膀碰到琵琵的鷲。

「我們認爲應該就是這樣的世界並不存在，但妳以前生活的世界，和這裡的世界都同時存在。」

琵琵想起了昨天晚上的事。她在吃三明治時，的確置身在卡雷恩市的城址，感受到外公的存在……

「我知道了！你的意思是說，夢境是夢境，現實是現實！」

「就是這樣！」

米夏豎起短短的大拇指，然後離開了琵琵。

「琵琵！我要告訴妳一件很驚人的事，妳要聽嗎？」

「什麼事？」

「妳在外面的時候，有沒有曾經想過，如果可以直接回到家裡就好了？」

「有！我在上課打瞌睡時曾經想，如果可以就這樣躺在家裡的床上就好了……」

「我跟妳說，」米夏露齒一笑說，「妳可以夢想成眞……！」

這時，鷺突然停了下來。

琵琵環顧周圍，發現下方的森林、風和雲都靜止了。

當她想要說話的瞬間，眼前所有的一切都消失，身體一直向下墜落。

當她醒過來時，發現自己躺在床上。

她放鬆了僵硬的身體，坐了起來。

托可在旁邊的床上睡得很香甜。

一切都是夢嗎？

她聽到啪答一聲——滋記放在枕邊。

她翻開一看，發現左側的頁面上寫了以下的內容。

雖然花了不少時間，但跑腿辛苦了。

艾魯涅說，和妳一起共度了愉快的時光，雖然我很希望他不要整天想著玩，要認真做事……

總之，謝謝妳，明天繼續好好工作。

滋奇

第十章　新卡雷恩改革

琵琵和米夏一起前往夢境的世界旅行後回到工廠的同時。

墨勒諾市長和琵琵的爸爸正在卡雷恩市的市長室內，和那幾個黑色代理人一起開會。

「啊呀呀，眞是太棒了，新改革計畫的執行很順利。」

「市長，這眞是太好了，這必須歸功於市長和修密特先生，還有各位職員的不懈努力改革。」

螢幕上以蜂巢狀顯示了記憶連鎖公司提供的各種媒體和服務。

可以瞬間保管日誌、照片和影片等剎那回憶的服務。

可以讓自己在別人眼中看起來更出色的應用程式。

沒有故事性，只能在當下快樂的遊戲。

雖然這些媒體和服務都有冠冕堂皇的名稱，但都是聲稱可以保管人們的回憶，只提供當下的快樂，讓人不去思考過去和未來。

市民漸漸整天盯著手機過日子，每天產生的大量資訊都在上傳保管後感到安心，不斷追求新的刺激。

然而，沒有人發現記憶連鎖公司根據市政府提供的個人資訊，開始支配市民生活中的一切……

市長心滿意足地點了點頭。

「但是……沒想到不是改變之前的工作，而是能夠藉由創造新的工作，讓民衆忘記以前工作的價值……」

「人類隨時都會感到不安，如果說要奪走他們的工作，他們就會反對。科技創造新的工作——只要換這種方式表達，就可以把人們內心的不安變成希望。」

「不是人類使用機械，而是要創造機械使用人類的狀況嗎？」

「很多工作原本就沒有意義，新時代的工作，就是要讓沒有意義的事感覺有意義。」

「商務講座、電腦教室、外語學校、股票投資，市民對改革的意願越來越高。」

「聽說市長的女兒也轉入了特別升學課程。」

「因爲必須讓麗娜具備在新時代生存的能力……」

「目前募集對本市的投資也很順利，將進行前所未有的大規模開發……到時候，就可以創造就業機會，進一步活化這座城市。」

「要在這段期間讓博物館和紀念館暫時休館，篡改官方記錄……嗎？」

「人們的記憶都很模糊，比起眼前的事實，人們往往相信記錄的內容更眞實。」

「嗯，只要以財政危機和縮減人力為由，應該只有少數人會反對，已經沒有人對當初這個城市製造了什麼，人們過著怎樣的生活有興趣……」

「對……只要讓市民忘記過去的回憶，只思考眼前這個瞬間的事，市長，這個城市的未來，就由你來決定。」

「另外……這個也很令人驚訝。」

市長滑動手機，點開一個遊戲應用程式，一個女巫在卡雷恩的地圖上。

「沒想到這個遊戲會這麼紅……」

這是記憶連鎖公司開發的「淨化女巫」遊戲。

這個遊戲的目的，是讓玩家變成女巫，拿著手機走在街上，淨化這個世界。玩家走在街上，前往各個古老建築和設施，投票決定該保存還是該拆除。只要前往的範圍越大，投票次數越多，就可以升級，得到稀有的寶物。

「淨化女巫」這個遊戲很快就成為「在玩樂中淨化城市的新世代服務」，在世界各地廣為流行。

市長將手機對準了時間已經停止的鐘塔。

贊成拆除鐘塔的票數急速增加。

「就連受到反對派的阻礙，始終無法解決的鐘塔也……」

「沒錯……只要投票達到一定的數量，就會淹沒反對派的聲音，這就是輿論。」

「嗯。」

「市長，不妨利用成爲卡雷恩市象徵的鐘塔拆除的機會，推動舊城區成爲智慧城市，市民已經不再受到過去的束縛。你將創造卡雷恩市的未來。」

市長的腦海中浮現出小時候跟著爸爸仰望鐘塔的記憶。

但是，這是市民的選擇。老舊的鐘塔將變成在顯示時間的同時播放廣告的數位鐘塔，成爲卡雷恩市的象徵。目前已經決定了贊助商，龐大的投資將可以對財政大有貢獻。

市長受到了來自各地的採訪和參觀的要求，都想要向他這個新時代的改革者取經。

「市長。」

中間的男人張開了兩片薄唇。

「今天有一事相求……」

「什麼事？」

「希望市長可以協助我們找一個地方？」

「什麼樣的地方？」

「這個城市的某個地方，有我們要找的地方，希望市長可以協助我們找到那個地方……」

「小事一椿，修密特，這件事就交給你了。」

「當然沒問題，只要是和改革有關的事，我們都很樂意相助。」

黑色代理人四方臉上露出了淡淡的笑容。

✿

某天深夜，琵琵翻開滋記，看到滋奇寫了這樣的回覆。

今天上午不需要去分類室工作，來爺頭的辦公室。就這樣。

滋奇

琵琵最近漸漸知道滋奇會在半夜幾點回覆。當她半夜醒來時，盯著滋記，就會發現滋記翻開，然後出現了左低右高的文字。

今天的頁面角落有一個被香菸燙焦的痕跡。

琵琵內心感到七上八下。

雖然曾經在匠人室和食堂遇到過爺頭好幾次，但自從第一天來到這家工廠去了爺頭的辦公室之後，就沒有再去過。

她換好工作服，走去倉庫。

一大清早就有很多貨物送來，但今天似乎和往常不太一樣。

羅諾忙著整理不斷送進來的貨物。

「羅諾先生。」

「啊，琵琵，早安。啊，稍微等一下，如果不是按順序搬，就會亂掉！我不是說等一下嘛！」

羅諾似乎很焦慮。

「羅諾先生，不好意思，滋奇先生找我去，所以上午的工作——」

「好，好，當然沒問題，妳去吧。」

貨車的司機一臉不耐煩的表情討論著。

「又是退貨。」

「但是……會不會太多了？」

「眞讓人難過，好不容易修理好了，物主竟然拒收。」

「我們還不算最倒楣，那個世界更辛苦，整天忙著送貨、送貨，無論睡著、醒著都握著方向盤。」

這個世界和那個世界似乎發生了什麼事，不知道和艾魯涅館長說的事有沒有關係。

琵琵走去大廳。

羅諾的助理正在用傳令管和誰聯絡。

這個叫米雅的助理也有一張老鼠臉。

「可以從倉庫搬二十箱去地下室嗎？」

『不行不行，昨天送來的還完全沒有整理。』

「但今天可能就會把整個倉庫塞滿。」

『嗯，眞傷腦筋，我來問一下，能不能加快速度。』

琵琵走進電梯，正準備按五樓時，米雅衝了進來。

「啊喲，琵琵！對不起，我在趕時間，可以先去地下室嗎？」

「喔，好，當然沒問題。」

米雅按了地下室的按鈕。

「啊，眞是傷腦筋，第一次遇到這種事！」

米雅急急忙忙把數字寫在單子上。

單子上印著『退貨清單』幾個字，在國家名、城市名和地址旁，寫著貨品名和物主的名字。電梯到了地下室，電梯門打開了。

「琵琵，謝謝！」

米雅說完，就衝出了電梯。

地下室很昏暗，有一排紅磚牆。電梯門關上之後，琵琵聞到了霉味和木屑的冰冷味道。

琵琵按了五樓。電梯在一樓時停了下來，電梯門打開，托可和他的同事走了進來。

「啊！」

電梯內的氣氛很尷尬。

托可看了琵琵按的樓層，背對著琵琵問：

「妳要去爺頭那裡嗎？」

「嗯……滋奇先生找我去。」

托可用力地嘆了一口氣，用誇張的語氣說：

「當凱瑟・修密特的外孫女眞好！」

琵琵感到內心深處一陣難過。

電梯在二樓打開了門，托可走出電梯，走去匠人室，沒有回頭看琵琵一眼。琵琵忍著淚水，等待電梯門關上。

她走在通往爺頭辦公室的走廊上。

她發現牆上除了她第一次來這裡看到的那幅畫以外，還掛著設計圖、照片和水彩畫。

她看到一張小照片。

已經泛黃的正方形照片中有三個男人，年紀都不到三十歲。一臉一本正經的高大男人旁邊，站了一個手插在大衣口袋，眉毛很粗的男人，他應該是爺頭。

站在爺頭旁邊的——

「外公……？」

外公以前曾經和爺頭一起工作嗎？

另一個高大的男人是誰？

琵琵打量了照片一會兒，走去敲了爺頭辦公室的門。

「進來，進來。」

辦公室內傳來爺頭的聲音。

「打擾了。」

走進辦公室，看到滋奇和爺頭坐在沙發上。

「趕快坐下。」

滋奇催促著她。爺頭爲菸斗點了火，用力吸了一口，大鼻子、嘴巴和耳朵都噴出了煙。

「打擾了。」

琵琵從皮包裡拿出滋記，在椅子上坐了下來。

當她抬起頭時，發現爺頭注視著自己。她想移開視線，但最後忍住了，也注視著爺頭的眼睛。爺頭哈哈大笑起來，吐了一大口煙。

「琵琵，從明天開始，妳來這裡工作。」

「啊……」

琵琵站了起來。

「我、我……現在的工作也沒有做得很好，怎麼可以跳過托可和其他匠人，來這裡工作……」

爺頭瞪大了眼睛，然後哈哈大笑起來。

滋奇瞪著琵琵說：

「妳不必去想這種不必要的事！」

「但是……我還無法對別人有幫助。」

「對別人有幫助？妳認爲自己可以對別人有幫助嗎？」

「不，現在還不行，但以後……」

滋奇探出身體，看著琵琵的臉說：

「妳認爲可以對別人有幫助……這就是大錯特錯。好了，妳先不用說廢話，從明天開始，就在這裡幫爺頭做事！」

爺頭哈哈大笑起來。

「滋奇說得沒錯，我並不是需要妳的幫助，其他匠人也一樣，因爲自己做比較快。」

「爺頭，所以你都無法培養接班人。」

「不用你管！滋奇，你自己不是也一樣嗎？稍不滿意，就開除別人。」

「我從來沒有開除過任何人！我只是會帶他們去飲水站，至於要不要喝水，由當事人自己決定。」

爺頭對著滋奇大叫：

「你又在強詞奪理！」

然後，爺頭一臉嚴肅地轉頭看著琵琵說：

「明天吃完早餐，妳就來這裡。」

「呃……」

滋奇也站了起來。

「琵琵，就這麼說定了。」

琵琵挺直身體站了起來，深深鞠了一躬說：

「好，請多指教。」

琵琵要去爺頭的辦公室工作的消息很快就傳開了，琵琵覺得所有人都在看自己。午餐吃的是夾了炸豆丸子、蔬菜和芝麻醬的皮塔餅。琵琵吃了兩口，就放回了餐盤，等待午餐時間結束。因爲如果回到分類室，正在休息的匠人都會看自己。

「啊喲，小不點，妳怎麼悶悶不樂啊？」

琵琵抬起頭，看到蜜絲站在面前。

「我可以坐在這裡嗎？」

蜜絲在桌子對面坐了下來，托著臉頰，看著琵琵的眼睛。琵琵覺得自己好像快被她那雙深泉般的眼眸吸進去了，驚慌失措地垂下雙眼。

「問題……好像很複雜。」

蜜絲好像在模仿滋奇的口頭禪。

「嗯……對不起。」

「妳爲什麼要道歉？妳不是要去爺頭的辦公室工作嗎？那不是很好嗎？」

「對，但是，像我這種人……」

「所以妳覺得像自己這種人在爺頭的手下工作，萬一失敗，讓大家失望會很痛苦。」

「並不是這樣……」

「那是怎樣？」

「呃……」

蜜絲說得沒錯，琵琵滿腦子想的都是杞人憂天的不安和擔心。如果自己做不好，反而礙手礙腳怎麼辦？是不是會讓滋奇和爺頭失望？會不會淪爲大家的笑柄？

「妳想在爺頭的手下工作，現在有這個機會，這樣不就夠了嗎？」

「對……」

琵琵完全不知道自己想怎麼做，雖然一直希望早日跟著爺頭磨練，把菲力茲修好……

「蜜絲……我可以請教妳一件事嗎？」

「什麼事？」

「我以前生活的世界，和這裡的世界發生了什麼事嗎？」

「妳應該知道退貨的數量增加這件事吧？」

「對。」

「如果繼續有大量退貨，工廠可能就會出問題。」

「這種時候……我去爺頭的辦公室工作沒問題嗎？」

蜜絲大吃一驚，然後捧腹大笑起來。

「妳眞是太抬舉自己了，妳不需要想那麼多！」

「對不起……滋奇先生也這麼說……」

蜜絲恢復了嚴肅的表情，注視著琵琵的眼睛。

「琵琵，妳還是無法想起外公去世時的情況嗎？」

「對……每天回想，頭就會很痛……」

「在遭遇眞正痛苦的事時，有時候會這樣。」

「忘記……是一件好事嗎？」

「當時是，但是很難一直都忘記。因爲只要活在世上，不是會遭遇很多痛苦的事和不愉快的事嗎？重要的是，必須克服這些痛苦和不愉快，把它們變成美好的回憶。如果一直迴避痛苦的事，就會逃避挑戰，逃避失敗。很多事情，在試之前根本不知道，而且試了之後，才能夠瞭解很多事，不是嗎？」

琵琵覺得現在的自己就是這樣。

「趕快吃完，虧我做得這麼辛苦。」

「啊，好。對不起，很……好吃。」

「妳不需要道歉！」

蜜絲戳了戳琵琵的額頭。

「機會迎面走來時，要抓住機會的劉海，因爲機會的後腦勺沒有頭髮，而且……」

蜜絲站了起來，雙手扠在腰上。

「我告訴妳工作的訣竅。」

「好。」

「不要去想自己想做的事，專心做好別人要求的事……」

琵琵用力吞著口水。

「這樣就可以出人頭地。」

蜜絲向琵琵使了一個眼色，匆匆離開了。

琵琵覺得腹部下方湧起了力量。她抬起頭，發現許多匠人都遠遠地看著她。

但是，她已經不在意他們的視線了。

目前最重要的事是什麼？

那就是在爺頭的手下好好工作。

琵琵強忍著淚水，吃著皮塔餅。

第二部 ◈ 學習、考驗和世界的危機

第十一章 ✧ 用明亮的雙眼看世界

琵琵的媽媽背脊忍不住抖了一下。

琵琵的爸爸和三個身穿漆黑西裝的男人站在門口。

天空飄著小雪，整個城市陷入一片寂靜，道路就像是鋪上了白色的地毯。

站在中間的男人說：

「修密特先生，不好意思，這麼晚上門叨擾。」

他用沒有起伏的聲音說完後，看著琵琵的媽媽，鞠了一躬說：

「修密特太太，很高興見到妳。」

媽媽不安地看著爸爸。

「對不起，臨時要談工作的事。他們是記憶連鎖公司的代理人，多虧了各位的大力協助，改革才能夠順利進行。」

「過獎了，市長高度肯定修密特先生投入改革的熱情，而且聽說修密特太太也積極說服匠人工會，發揮了重要的作用。」

「因爲我爸爸以前曾經是工會的幹部，所以……」

「沒錯，這就是我們此行的目的。」

「什麼目的？」

「聽說令尊……凱瑟・修密特先生去世了……」

「對……」

「我們在此表達衷心的哀悼。」

三名代理人深深地鞠躬，然後一直維持這個姿勢。

「站在這裡說話不方便，請進屋聊……」

三個男人又以完全相同的姿勢直起身體說：

「那就恭敬不如從命，恕我們失禮了。」

三個人一起走進了玄關。

「不好意思，我們的女兒在樓上睡覺。」

「你們的女兒？」

「對，她很喜歡外公，我父親……也就是我女兒的外公……去世之後，她就一直悶悶不樂。」

「她叫什麼名字？」

「她叫琵琵。」

男人抬頭看向二樓片刻，然後看著琵琵的媽媽說：

「聽說令尊生前是很優秀的匠人。」

「那是很久以前的事，他退休多年，但因爲受人拜託，所以還在繼續工作，整天在工房修理一些老舊的東西。」

左右兩個男人轉過四方臉互看了一眼。

「工房。」

「對，在舊城區內，從早到晚都窩在那裡敲敲打打。」

中間的男人目不轉睛地看著琵琵的媽媽。

「請問……有什麼問題嗎？」

「請務必讓我們有機會參觀一下令尊的工房。」

三個黑色代理人臉上露出了完全相同的笑容。

✿

琵琵坐在床上，綁緊了靴子的鞋帶。

昨天晚上，她遲遲無法入睡，到黎明時分才小睡了片刻，然後就迎接了早晨。

滋記上寫著以下回覆。

妳從今天開始，要去爺頭那裡工作。
只要逐一做好爺頭要求的事，和力所能及的事就好。
目前對妳來說，最重要的是不需要瞭解任何事，要用明亮的眼睛看世界，才能夠發現重要的事。
那就這樣囉。

滋奇

經過一個晚上，琵琵整理好自己的心情。

努力完成爺頭要求的事。這是自己目前唯一能做的事。

她走出臥室，吃完早餐，走去大廳。

電梯前聚集了很多吃完早餐的匠人。

她擠進電梯，當那些匠人在二樓走出電梯後，她去了五樓。

爺頭的房間飄出了菸斗的煙。

「打擾了。」

辦公室內沒有回應。

「我是琵琵，請多指教。」

還是沒有回應。她走進辦公室，在煙霧中瞪大了眼睛。

爺頭躺在沙發上，桌子上放了一個很大的馬克杯，還有一個剛好適合琵琵使用的杯子。

爺頭拿下的眼鏡放在胸前，躺在沙發上發出了熟睡的呼吸聲。

琵琵把皮包放在椅子上，拿出滋記和鉛筆放在桌子上，然後打量了爺頭的辦公室。

工作桌周圍堆了不計其數的道具和零件，設計圖用釘子釘在牆上，從天花板垂下的滑翔機好像在菸斗冒出的煙霧形成的雲海中飛翔。

「嗚呃。」

爺頭的呼吸聲停了下來，發出了奇妙的聲音。

「嗚呃呃。」

爺頭微微睜開眼睛，發現了琵琵。

「喔喔。」

他低吟了一聲坐了起來，用力眨著眼睛問：

「嗯？現在是在哪一個世界？」

琵琵無法回答，沉默不語，爺頭說：

「喔，原來是這個世界。喔，這樣啊，這樣啊。」

他揉著眼睛，把素描簿放在茶几上，戴上眼鏡，看著琵琵說：

「我回到了五歲的時候。」

爺頭小聲嘀咕，好像在說什麼理所當然的事，然後轉動著一雙睫毛很長的大眼睛。

「搞不清楚自己在夢裡還是醒著的時候，不是會回到五歲的時候嗎？然後一下子就抓住了。」

五歲時的事……琵琵覺得似乎隱約記得，但很模糊。

「早安，今天請多指教。」

「好，好，來，妳先坐下。」

爺頭說完，坐了起來，點了菸斗，噴出了大量煙霧。

「來，喝吧，喝吧。」

「謝謝。」

杯子裡的茶有淡淡的蘋果香味。

「昨天聽滋奇說了。」

「是。」

「也聽說了艾魯涅的口信，這個世界和那個世界之間失衡了。嗯，大家都很傷腦筋。雖然傷腦筋也沒用……但只能想辦法解決。」

「艾魯涅先生說，這是因爲那個世界的人都忘記了回憶……」

爺頭用鼻子哼了一聲，大聲地說：

「無稽之談！這不是忘記或是不忘記的問題，重要的是……現在該做什麼。」

爺頭微微抬眼看著琵琵問：

「對了，關於凱瑟的事……」

「我的……外公嗎？」

「妳有沒有想起什麼？」

「呃……」

「就是凱瑟最後做的工作。」

「對不起……我想不起來。」

「也不記得凱瑟去世時，妳就在他附近嗎？」

「對……」

爺頭沉默了片刻，然後指著琵琵身後說：

「這樣啊，那沒關係，所以那是凱瑟留下的吧？」

「啊……」

琵琵小聲叫了起來，因爲她看到菲力茲躺在工作桌上。

琵琵跑向工作桌。

「少了很多零件，所以很多零件都必須重新做。」

爺頭站在琵琵身後說：

「妳從今天開始，在這裡幫忙……吃完晚餐之後，再回來這裡。」

「好。」

「我會在睡前的一個小時，教妳修理菲力茲的方法。」

琵琵的心臟用力跳了起來。

「雖然原本很希望可以花更多時間，但必須加快腳步。而且妳在這裡，或許能夠回想起凱瑟最後想要留下什麼。」

「外公想要留下的什麼……？」

爺頭點了點頭，看著琵琵的眼睛。

「如果妳認爲自己無法做到，那這件事就到此爲止。」

琵琵不再猶豫。

「請讓我留在這裡，請多指教。」

爺頭吐了一口煙，哈哈大笑起來。

艾魯涅和蕾蒂一起坐在玩具博物館內小電影院的椅子上。

他們都是五歲左右的可愛樣子，放映機放出嘎答嘎答的聲音，在他們頭頂上發出七彩的光束。

銀幕上出現了卡雷恩市目前的樣子。

銀幕上都是每天忙碌工作，筋疲力盡地過每一天，忘記了開心的事和不開心的事，只能活在當下的人。

蕾蒂嘆了一口氣。

「推動改革之後，大家……反而越來越沒有精神。」

艾魯涅托著臉頰，撐在椅子的扶手上。

「改革管理了市民的生活和時間，不斷出現的資訊和廣告讓人應接不暇。如今，市民的生活中充斥著消費當下這個瞬間的資訊，所以根本沒有時間好好修理回憶，把那些回憶變成美好的記憶。」

「而且……大家臉上的表情都很不安。」

「當人們有目標，被需要時，才能安居樂業。完全不瞭解未來的狀況，只是大聲叫囂改革、變革，大家當然會感到不安。」

「嗯。」

「叫囂改變現狀很簡單，但重要的是，必須在回顧過去的基礎上展望未來……」

「你覺得接下來會變成什麼樣？」

「那個世界的人一旦忘記回憶……就不再需要這個世界……結果就是這樣。」

「什麼意思？」

館長一臉落寞的表情小聲嘀咕說：

「會消失。」

「爲什麼？」

「因爲這個世界建立在那個世界的回憶基礎上，如果那個世界的人不再珍惜回憶，這個世界就無法繼續存在。」

「怎麼會這樣……我們竟然會因爲那個世界不懂得珍惜回憶就消失，這不是太奇怪了嗎？」

「但是……事實就是如此。」

「爲什麼會變成這樣？」

「之前就有預兆，但是……那幾個男人去了卡雷恩市之後，一切就開始變了樣。」

「那幾個男人？」

「就是黑色代理人，他們推出的各種服務，讓市民不再面對自己的回憶，忙著將自己和他人比較而一喜一憂，一味追求短暫的幸福。」

「每個人所追求的幸福不是不一樣嗎？」

「嗯，但是一旦和他人比較，就會迷失這件事。有越來越多的人藉由陷害他人，感到自己很幸福。」

「那幾個男人到底是何方神聖？」

「他們奪走那個世界的人的回憶，想要消滅這個世界——這不是他們第一次出現。」

「從什麼時候開始出現？」

「當人們不再反省過去時，他們就會出現。」

「他們到底想要做什麼？」

「奪走人們的回憶，讓人們爭先恐後地按照他們的意圖行動，貪圖自己的利益。他們籠絡了市長，試圖拆除成爲卡雷恩市象徵的鐘塔，重新打造舊城區。不僅如此，他們似乎還在尋找通往這個世界的路……」

「爲什麼？」

「滋奇目前正在調查這件事，只要知道凱瑟最後在修理什麼……」

「琵琵的外公最後修理的東西？」

「嗯，凱瑟生前似乎曾經交代滋奇和爺頭。」

「交代什麼？」

「只要能夠修好某樣東西，或許就可以保護兩個世界……」

銀幕上換成了其他的影片。

麗娜和其他人在補習班內拿著平板電腦，身穿黑色西裝的講師背後的電子黑板上，寫了滿滿的算式。

「完成的人請舉手。」

教室內響起講師冰冷的聲音。

「只要現在好好努力，以後就不會吃苦。」

麗娜舉起了手。

「老師，我完成了。」

螢幕上出現了算式，最後顯示了分數。

「麗娜．墨勒諾。」

分數變成了棒形圖，出現了麗娜成績的名次。

「妳在卡雷恩市的成績是第一名，但是……」

第一名的麗娜圖表右側，出現了一片更高的棒形圖。

「和全國相比，妳還有很大的進步空間……」

麗娜無力地垂下了頭。

「妳肩負著卡雷恩市的未來，妳的父親指示我們，要讓妳更上好幾層樓，只要妳現在好好努力，未來一定可以得到幸福。現在趕快做下一道題目。」

麗娜臉色蒼白，再度低頭看著平板電腦。

蕾蒂嘆了一口氣。

「這是怎麼回事？這些孩子什麼時候可以玩？」

艾魯涅轉動著玩具飛機的螺旋槳回答說：

「爲了避免將來失敗……所以現在不能輸在起跑點上。」

「輸在起跑點？輸什麼？不實際試一下，怎麼知道會是什麼結果？」

「是啊，但在那個世界，認爲失敗是一件壞事。既然會留下痛苦的回憶，那就乾脆不做……隨時挑選更安全的方法，也失去了挑戰的意願。」

「所以爲了不失敗，現在就拚命讀書，避免輸在起跑點上嗎？而且，他們要改革什麼？小孩子要改革什麼？他們根本沒有開始做任何事啊。」

「如果和別人不一樣，就會感到不安。」

「和別人一樣不是很無趣嗎？」

「蕾蒂，妳可能和別人不太一樣，妳一天之內，就可以從小孩變成大人，然後變成老人，經過一夜之後，又變成了小孩。」

「嗯，我每天睡覺之前，都覺得今天又過了美好的一天。」

「早晨醒來時的感覺怎麼樣？」

「每天都神清氣爽，然後就覺得今天也要好好努力。」

蕾蒂吐了吐舌頭。

「但是，那個世界的人不一樣，因爲……有太多複雜的問題了。」

「所以不是問題很複雜，而是……有太多複雜的問題，小不點呢？」

「妳是問琵琵嗎？」

銀幕上出現了琵琵在那個世界的身影。

琵琵放學回家後，就馬上回到家裡，關在自己的房間內，看起來魂不守舍，每天都過得渾渾噩噩。

「她的心目前留在這個世界，所以她在那個世界的心靈時間停止了。」

「琵琵……會怎麼樣？」

「她的心暫時會留在這裡，但總有一天要回去那裡。」

「是啊……凱瑟之前也無法一直留在這裡。」

「眞希望琵琵可以趕快回想起凱瑟去世的時候——最後在修理什麼。」

「嗯……」

嘎答嘎答，放映機的聲音持續不斷。

艾魯涅站起來時，變成了白髮老人的樣子。

蕾蒂從椅子上跳了下來，拍了拍裙襬，握緊了小拳頭。

「有沒有……什麼方法呢？」

「現在交給爺頭和滋奇處理就好，他們至今爲止，曾經完成了無數次不可能的任務，我相信他們這次也在想辦法。」

「的確！」

艾魯涅噗哧一聲笑了起來，蕾蒂也跟著笑了起來。

梅夏和牧夏這兩隻絨毛娃娃依偎在一起，注視著他們。

✿

琵琵必須在爺頭上班之前做好準備工作，讓爺頭一進辦公室，就可以馬上開始工作。

先整理當天的工作，填寫在工作單上，然後排放在工作桌旁的架子上。

工作單上會附上物主寫的信，還有品名、大小、是否有零件，修理者的簽名和交貨期。

滋奇向琵琵傳授了在爺頭身邊工作的訣竅。

滋奇

必須隨時預測接下來會發生什麼事。

在爺頭身邊工作，思考之後再行動就來不及了。也不能不思考就採取行動，當然，想太多而沒有任何行動最不可取。

工作的八成是整理整頓。工作在開始之後再做就來不及了，必須認為工作在開始之前就已經結束了。

「早安。」

爺頭在門口脫下了大衣。

「早安。」

爺頭爲菸斗點了火，吐出一大口煙。

「我來爲你泡咖啡。」

「不用了，我自己來泡。妳不必太在意我，而且……這種事，如果不親自動手，就會越來越不行。」

爺頭用水壺燒水，然後抓了一小把咖啡豆放進木製磨豆機中，轉動了把手。隨著咕哩咕哩的輕快聲音，辦公室內瀰漫著濃濃的咖啡豆香氣。

他把磨好的咖啡豆從磨豆機中倒進布製的濾布式手沖咖啡壺中，用拳頭敲了幾下，將咖啡粉壓平後，從很高的位置把熱水沖了下去。

咖啡粉浮了起來，形成了像舒芙蕾般漂亮的形狀。

「妳是不是覺得很麻煩？」

爺頭斜眼看著琵琵。

「不……我覺得很漂亮。」

小氣泡噗滋噗滋，一個接著一個破裂。

「麻煩的事很重要。」

咖啡壺內裝滿了咖啡。

「現在的人都想走捷徑，但根本沒有捷徑。只有實際走了那條路，知道不是這一條，然後再走另一條，知道也不是這條路，但是，並不是隨便走一條路，如果不走當時認爲最好的一條路，之後就會走回頭路。走捷徑並不是繞近路，而是經過充分思考，選擇當時認爲最好的一條路。」

爺頭的工作完全超乎了琵琵的想像。

匠人無法修理的高難度工作，都不斷送到爺頭手上。

歷史悠久的電影院使用的放映機、可以顯示太陽和月亮動向的掛鐘、可以挑選數百張唱片的電唱機……都是令人看了頭昏腦脹的東西。

爺頭桌子上有早上用、下午用和晚上用的三副眼鏡。

「因爲時間不同，視力會改變。」

爺頭在確認零件的同時，手上總是做著其他事。

爺頭完成了前一天沒有做完的工作，開始修理全景盒。

有許多漂亮裝飾的盒子是傳統的玩具，盒子裡有好幾層畫，向全景盒內張望時，可以看到立體的世界。

爺頭拆開了褪色的盒子，取出了好幾層合成樹脂的畫，用畫筆慢慢修復這些畫。

那是一幅少女靠在樹木上，向森林深處張望的畫。

樹木的遠方有一頭白色的鹿，正注視著遠方。

「妳能聽到風聲和樹木的沙沙聲嗎？」

「可以。」

「一幅畫不能只有一種意義。」

爺頭在等待顏料乾的時候，把分成五層的全景畫分別排放在工作桌上。

「比方說這一幅畫。」

第一幅畫著少女扶著一棵大樹，向森林深處張望。

「妳可以從這幅畫中解讀到什麼？」

琵琵站在畫前。

「這棵樹很大，很粗，所以應該很久之前就在這裡了。」

「更具體些。」

「嗯……這個女生穿著白色洋裝，帽子也是潔白色，所以應該不是住在這個森林裡，可能是從其他地方來這裡。」

「那這幅呢？」

第二幅畫了許多飄落的樹葉。

黃綠色的樹葉在透明的合成樹脂板上飄舞。

「那些樹葉在飄舞，因爲不是棕色，所以應該不是秋天，而且女生穿著長袖洋裝，所以不是夏天，應該是春天……」

「那這張和這張呢？」

第三幅畫了水池，水池表面有一頭白鹿的倒影。第四幅是一頭白色的鹿。

「我從來沒有看過白色的鹿，也許是想像中的動物。白鹿看著遠方，可能沒有發現那個女生……」

爺頭看著畫說：

「有白鹿。」

第五幅畫了看不到盡頭的森林。

爺頭把水滴在調色板上開始調色。

「自古以來，白鹿就被認爲是神的使者，世界各地都有類似的傳說。有白鹿的森林應有盡有，一旦殺了白鹿，就會帶來災難。」

爺頭在說話時，手上的畫筆始終沒有停。

他吹乾顏料後，把五層畫一幅一幅放回全景盒內，蓋上了蓋子。

「妳來看看。」

琵琵蹲了下來，向全景盒內張望。

「哇！」

原本褪了色的平面世界重新充滿了陽光和色彩，好像眞的走進了森林裡。風聲和樹葉的摩擦聲，以及少女屏息斂氣的樣子——腦海可以感受到森林內靜謐的氣氛。

「妳注意看深處。」

琵琵定睛注視著那頭鹿，樹木之間灑落的光後方的那頭鹿感覺很虛幻，有一種神聖的感覺。

「這是我的解讀。」

爺頭在琵琵身後看著全景盒，「我認為不能進入這座森林。」

「喔。」

「這個女孩不能繼續走進去，鹿也不能發現有人在看牠。當然，同一幅畫可以有無數種解讀方式，每個人心中都有各自的故事。我們只能想像畫畫的人當時的想法。」

琵琵默默點了點頭。

「不能只有一種意義。」

爺頭又重複了這句話，好像在告訴自己。

「無論畫的時候、製作的時候，或是修理的時候都一樣，不能只局限於一種意義，要思考多種意義，於是，拿到那樣東西的人，內心才能誕生各種不同的故事。」

爺頭說完，大聲笑了起來。

第十二章 黑色代理人的侵略

黑色代理人的計畫靜靜地，卻確實地影響了亞細德加工作所。

他們利用市政府的資料庫，鎖定了剩下的史跡和老舊建築，最後查到了凱瑟．修密特的工房是連結兩個世界的通道。

某個下雪的日子，黑色代理人來到凱瑟．修密特的工房，對琵琵的爸爸和媽媽說：

「我們認爲對琵琵來說，繼續保留她外公的工房有百害而無一益。如果她一直無法擺脫過去的回憶——心靈的創傷，她的將來令人擔憂。」

那幾個男人巧妙地說服爸爸、媽媽，說琵琵是因爲無法擺脫和外公之間的回憶，內心才會封閉——然後向他們提議，把工房交給市政府管理。

「工房的鑰匙可以交給我們保管，凱瑟先生留下來的東西都具有歷史價值，我們會送去適當的地方加以保管。」

雖然琵琵的爸爸和媽媽有點不知所措，但這幾個男人深得市長的信賴，所以他們無法拒絕。

黑色代理人拿到工房的鑰匙後，立刻沿著琵琵和滋奇之前走的黑暗階梯，前往這個世界。

三個身穿漆黑西裝的身影融入黑暗中，完全看不到了。

黑暗中，只聽到中間那個男人說話的聲音。

「以前有好幾條路連結兩個世界，像是教堂、史跡、博物館和紀念館，還有墓園這種地方，當許多人沉浸在回憶中，那裡就成為連結兩個世界的通道。」

「但現在連結兩個世界的路，一條一條都封閉了。」

右側的男人說完，左側的男人立刻接著說：

「改革越深入，那個世界就會被遺忘……」

「一切都很順利。只要拆除卡雷恩市的鐘塔，把舊城區變成智慧城市，我們公司的利潤就會直線上升……」

「現在還無法放心，還有必須要做的事。即使讓人們忘記了回憶，但仍然有人在修理受傷的回憶……」

「亞細德加工作所——回憶修理工廠……」

「沒錯，這次一定要讓他們服從我們。」

三個男人穿越了像是教堂的空間，踏進了槓骨。

廣場上冷冷清清，許多店家都拉下了鐵捲門，廣場上也很少有行人往來，更沒有人發現他們。

「改革的效果已經出現了……」

「人們越是忘記過去，這個世界就越荒蕪……」

轟隆——隨著一聲巨響，槓骨連結了通往匠人街的路。

以前到處都是匠人說話聲的漢德威克街也冷冷清清。

「收購的準備工作進展如何？」

「代理人已經開始和每家工廠的老闆接觸。」

這三個男人冰冷的腳步聲響徹漢德威克街。

他們穿越匠人街，站在亞細德加工作所的大門前。

中間的男人按了門鈴，不一會兒，羅諾探出頭問：

「請問有何貴幹？」

中間的男人遞上了漆黑的名片。

「記憶連鎖公司？」

「不好意思，在百忙之中叨擾。這裡是亞細德加工作所……對嗎？」

「沒錯。」

「修理人們的回憶，重新找回美麗——亞細德加工作所，就是回憶修理工廠……我沒說錯吧？」

羅諾挺起胸膛回答說：

「你說的完全正確。經過多年磨練的匠人將受了傷的回憶物品變成美麗的回憶。」

羅諾在回答時，內心感到莫名的不安。

「雖然我們也接受親自送來修理的物品……但最近問題有點複雜……可能需要很久之後才能修好……」

「我們想見總監。」

「總監……是爺頭嗎？不好意思，這裡是工廠，不接受參觀……」

「我們不是來參觀，而是來談生意。」

「喔，是來談工作嗎？那就由滋奇負責。」

「滋奇？」

「對，他是廠長。」

「我們要見滋奇先生。」

「不好意思，滋奇目前剛好外出。」

「那我們等他，反正我們有充足的時間。」

羅諾雖然有一種不祥的預感，但男人不由分說的語氣讓他錯失了拒絕的機會。

「可能會需要等一段時間……」

羅諾打開了門，讓三個男人進入了工廠。

「請問這裡有多少匠人？」

「一百五十二名，如果加上學徒就更多了。」

右側的男人用相機拍攝工廠內部。

「啊，這裡不可以拍照，因爲都是客人重要的回憶。」

「不好意思。」

這時，米雅看到了羅諾，向他跑了過來。

「羅諾先生！不好了，又有貨車送來退貨的物品。」

「米雅，可以等一下嗎？現在有客人。」

「但如果不趕快搬進去，很快又會有下一批退貨……」

「嗯，眞是傷腦筋。」

三個男人注視著他們。

「羅諾，米雅，兩位工作辛苦了。」

托可腋下夾著木材，正準備去搭電梯。

「啊，你來得正好……托可！可不可以請你把客人帶去金魚缸？」

「滋奇先生的辦公室嗎？當然沒問題！」

中間的男人把名片遞給了托可。

「不好意思，在你百忙之中打擾。」

「記憶連鎖……？好帥的名字！只要帶他們去金魚缸就好了嗎？」

「嗯，因爲不知道滋奇先生什麼時候回來……」

「我可以帶你們參觀工廠！」

羅諾皺起了眉頭，但中間的男人立刻走向托可說：

「啊呀啊呀……竟然有機會參觀赫赫有名的回憶修理工廠，實在太榮幸了。」

「當然啊！」

托可挺起胸膛。

「托可……那就拜託你了。」

羅諾和米雅跑向倉庫。

「不好意思，最近有很多退貨……所以很傷腦筋。我叫托可，托可·畢納瑪亞，是這裡的學徒。」

「托可先生，謝謝你在百忙之中抽空陪我們。」

「我們走吧！我工作的地方和滋奇先生的辦公室都在二樓。」

托可帶三個男人搭電梯來到二樓，帶他們走進匠人室。

中間的男人問托可：

「這裡的機械化程度如何？」

「這裡只使用手工道具，由匠人親手修理每一件物品，因爲爺頭討厭機械。」

「爲什麼……？」

「爲什麼……」

「難道你不認爲不需要由人類做的工作可以交給機械，人類可以專心做原本該做的工作，這樣更有效率，更有生產性嗎？」

「這……或許是這樣。」

那三個男人對工廠的工作和技術完全沒有興趣。

「每個人每天的工作效率如何？」

「新零件和舊零件的使用比例是多少？」

「每平方公尺有幾名匠人？」

托可完全無法回答他們接連發問的問題，因爲他從來沒有想過這些問題，而且他漸漸覺得原本引以爲傲的工作好像變得很落伍。

「托可先生。」

「是，有什麼事？」

「請問……你在這家工廠的職稱是什麼？」

「職稱？」

「就是頭銜。」

「喔，我是新人進修剛結束不久的學徒，只要通過匠人考試，就可以領到藍色工作服，成爲匠人……但我還差得遠。」

「托可先生，像你這麼優秀的年輕人竟然只能當學徒，眞是太可惜了。」

「沒有啦……我還差得遠！還要多學習，才能夠獨當一面。」

「學習……需要多長時間？」

「這得由爺頭和滋奇先生決定，通常都是五到十年……」

男人露出發自內心驚訝的表情。

「十年！在這麼長期間要學習哪些事？」

「很多事啊，像是爲爺頭和匠人的工作做準備，或是淸潔零件，製作不足的零件……」

「這些都是可以交由機械做的工作，難道你不覺得每天把寶貴的時間浪費在做同樣的事上很愚蠢嗎？」

「呃……」

「有很多工廠都需要像你這麼年輕有才華的年輕人，你可以有更響亮的頭銜，也可以領取比現在更高的薪水，享受得到他人尊敬的生活。」

「這……」

托可抬起頭，剛好看到身穿紅色工作服的琵琵抱了一大疊工作單，從電梯內走出來。

托可立刻低下頭，轉過身。

「那個女孩是誰？」

中間的男人發現了托可的態度問。

「她是新來的，是凱瑟．修密特的外孫女，目前在爺頭的辦公室工作……」

「凱瑟．修密特的外孫女……」

男人看著身穿紅色工作服的琵琵在工作桌之前跑來跑去的身影，注視著托可黯然的臉。

✲

琵琵在爺頭的指示下，把上午的工作單送去給匠人。

爺頭在工作單上寫了詳細的指示。

她聽到匠人在各自的座位上小聲嘀咕。

「原來是這樣。」「這下傷腦筋了……」「不愧是爺頭！」

當她送完工作單後，羅諾從金魚缸內走出來，叫住了她。

「啊！琵琵，想請妳幫忙一件事……」

「好。」

「可不可以請妳送五杯咖啡來金魚缸？」

「好，滋奇先生的咖啡要淡一點，對嗎？」

「對，謝謝，太好了。」

琵琵去茶水室泡了咖啡，來到金魚缸前，看到羅諾正在接待三個身穿漆黑西裝的男人。

「那幾個人……」

琵琵覺得好像曾經在哪裡看過他們。

「不好意思，他應該很快就回來了……」

羅諾向一動也不動地坐在那裡的三個男人鞠躬說道。

「沒關係，這個世界的時間很充裕。」

琵琵用單手拿著托盤，敲了敲玻璃窗戶。

「打擾了。」

「啊，琵琵，謝謝妳，可以請妳放在那裡嗎？」

「好。」

這時，響起一陣急促的腳步聲，滋奇穿越了匠人的座位，走進了金魚缸。

「啊呀啊呀，眞是不好意思，因爲遇到了複雜的問題，讓你們久等了。」

三個男人站了起來，用完全相同的姿勢鞠了一躬。

琵琵拿著托盤站在那裡。

「很高興認識你，我們是記憶連鎖公司的代理人，能夠有機會見到赫赫有名的亞細德加工作所廠長滋奇先生，眞是三生有幸。」

中間的男人好像在讀稿子一樣說道。

「你太客氣了，請坐吧。」

琵琵把咖啡放在三個男人面前。

桌上放了一張漆黑的名片。滋奇抬眼看著三個男人，發出很大的聲音喝著咖啡。

中間的男人把原本就很細的眼睛瞇得更細了。

「在來此拜訪之前，我們調查了赫赫有名的亞細德加工作所，聽說成立至今——已經有五十年的歷史？」

「有這麼久了嗎？我們向來只考慮眼前的事，從來沒有回想過以前的事。」

滋奇顧左右而言他，點了一支菸。

「你們讓人們充滿回憶的物品恢復美麗，眞是太棒了。」

「我們只是走一步算一步，稀里糊塗走到了今天。」

琵琵把咖啡放在羅諾面前，瞥了滋奇的臉一眼。

滋奇把大拇指放在眉間，閉上眼睛，似乎在思考。

中間的男人露出了嚴肅的表情說：

「但是，我相信滋奇先生一定已經發現了時代的變化……」

滋奇睜開眼睛，盯著男人的臉。

「很遺憾，那個世界發生了變化。」

「那個世界？」

「對，人們追求新事物，不再需要老舊的東西。」

左側的男人在筆電的鍵盤上打字後，將筆電轉向滋奇。螢幕上用圓形圖表顯示了亞細德加工作所的出貨量和退貨量的比例。

「這半年來，退貨率急速增加，各位辛苦修理的物品都白白浪費了。」

琵琵聽到「浪費」這兩個字，感到胸口隱隱作痛。

她鞠了一躬，走出了金魚缸。

「請讓我們有機會協助亞細德加工作所進一步發展。」

中間的男人擠出滿面笑容，螢幕中換了一個畫面，變成了持續上升的線形圖表。

「墨勒諾市長在卡雷恩市推動了改革，投入了資本，經濟成長率順利成長，景氣越來越好，民眾的購買意願也與日俱增，已經沒有人想要修理老舊的回憶了，甚至不願意回想起以前的事。」

中間那個男人點了點頭，好像在同意自己說的話。

「滋奇先生，即使你持續目前的經營方針，也只會造成退貨堆積如山，所以不如趁這個機會將工廠自動化，生產新的玩具，也可以生產大人使用的智慧型手機。我們攜手把夢想和感動送到世界各地的人手上，我們會提供資本和贊助商，能夠機械化的地方就自動化，用最新的軟體提升業務效率，讓各位匠人專心投入更有創意的工作。不要再浪費匠人的才華去修理舊東西，而是要從零創造新的產品。」

滋奇閉著眼睛不發一語。

「滋奇先生，目前已經不再是回顧過去，執著於老舊東西的時代了，要努力展望未來，改革這個世界，讓世界更有創意！」

中間的男人好像著了魔。

羅諾提心吊膽，很擔心滋奇隨時會爆炸。

他想起曾經有一個匠人說。

如果挨了滋奇的罵，身體就會支離破碎。

滋奇緩緩睜開了眼睛。

「眞是太吸引人了。」

沒錯沒錯……羅諾在內心點著頭，但發現滋奇說了和他原本想像完全相反的話，驚訝地抬起頭。

滋奇一臉若無其事的表情繼續說道：

「因爲時代在改變。」

「可以請你積極研究這個問題嗎？」

「好啊，只是不知道明年這家工廠會變成什麼樣。因爲我們工廠向來沒有所謂的經營計畫，向來都是走一步，算一步。」

「你太謙虛了，你是很能幹的經營者，大家都說，沒有滋奇先生，就沒有亞細德加工作所。」

「我當然沒有問題，但我和爺頭一起經營這家工廠，他目前仍然在第一線工作，因爲他熱愛工作。我都忘了他幾歲了……但我猜想他到死前那一刻，都會坐在工作桌前。」

「希望總監也能夠瞭解這件事，到時候總監的名字會享譽全世界。」

中間的男人從皮包裡拿出一個漆黑的信封放在桌子上。

「這是亞細德加工作所的改革方案，經營權當然仍然在你和總監的手上，麻煩的手續、募集資金和物流等工作都可以交給我們處理，很希望各位匠人能夠專心從事創意工作。」

「我會拜讀。」

滋奇用力吐了一口煙。

「我想……請教一個問題。」

「好，請問是什麼問題。」

滋奇看著桌上的黑色信封說：

「爲什麼……這麼費心向我們提案？」

「因爲我們尊敬各位的工作，擔心你們的未來。」

「喔。」

「照目前的情況下去，你們會無法跟上時代變化的腳步。只要有人得利，就會有人損失，這是這個世界的哲理。亞細德加工作所也要實現工作和生活之間取得平衡，回應人們的需求，跟上時代變化的腳步……」

滋奇打斷了男人說：

「我們一路走來，向來和時代無緣……所以你們瞭解我們應該做什麼。」

男人的眼神突然黯淡下來。

「滋奇先生，我們再另找機會好好聊一聊，可以邊喝葡萄酒……」

「不好意思，我不會喝酒。」

「原來是這樣……那我們可以邊吃飯……」

滋奇猛然站了起來。

「問題……很複雜。」

羅諾關上了工廠的門，嘆了一口氣。

他覺得沉重的東西壓在肩上，那幾個男人說的話一直在耳邊縈繞。

滋奇會接受他們的提案嗎？如果退貨繼續持續下去，不久的將來，經營眞的會出問題……

這時，米雅臉色鐵青地跑了過來。

「羅諾先生，你剛才去了哪裡？聽說又有兩輛貨車正往這裡來。好不容易才把剛才那些退貨搬去地下室……貨運公司的人也說，這樣下去，根本沒有人員可以送其他的貨，希望我們可以停止送貨……」

「妳在說什麼蠢話，有很多人在等我們修理好的東西。」

米雅垂下雙眼，小聲地說：

「眞的有嗎……」

羅諾無言以對。因爲這也是他經常問自己的問題。

他以前對自己的工作感到驕傲。

但是，現在更感到不安。

自己的工作眞的是別人需要的嗎？

羅諾把手放在米雅的肩膀上。

「別擔心，滋奇先生和爺頭一定會想出讓我們大吃一驚的好主意，突破眼前的狀況，就像之前一樣。」

羅諾雖然這麼說，但這次他也沒有自信。

✿

三個黑色代理人在漢德威克街的盡頭等槓骨旋轉過來。右側的男人把四方形的手錶舉到嘴邊。

「要怎麼向總公司報告？」

「現在還不用報告。」

中間的男人看著前方回答。

「但是……這是好消息，可以趕快向總公司……」

「未必是好消息。」

左右兩側的兩個男人互看了一眼。

「但他不是說，會積極研究嗎？」

「那個叫滋奇的男人……不是等閒之輩。」

「你的意思是？」

「凱瑟．修密特的外孫女爲什麼會在那裡……」

隨著一陣來自地面的低沉聲音，槓骨轉了過去。

太陽已經西斜，房子的陰影遮住了三個男人的臉。

「馬上著手調查這個叫滋奇的人，那個叫托可的學徒或許可以派上用場……如果他們不接受我們的提案，那就必須執行下一個計畫。」

「下一個計畫是？」

「消滅亞細德加工作所，完全封閉通往這個世界的路……」

「瞭解。」

槓骨發出了和漢德威克街連結的低沉聲音。

✿

雖然過了晚餐時間，但琵琵在食堂吃晚餐。

她在金魚缸聽到的那些話一直在耳邊響個不停。

今天的晚餐是義式香煎豬排，裹在豬排外的麵粉發出滋滋的聲音，在享受酥脆的口感後，加了大量檸檬汁的豬肉濃郁香氣在嘴裡擴散。雖然只用了鹽和胡椒簡單調味，酸豆充分襯托了豬肉的美味，每咬一口，就有不同的味道。

「啊喲，小不點，妳剛下班嗎？」

琵琵抬頭一看，發現蜜賽絲站在面前。

「妳好，不好意思，這麼晚才來吃飯。」

「爺頭每天都工作到很晚，妳還適應嗎？」

「他太厲害了，簡直就像有三頭六臂。」

「啊哈哈！他現在已經年紀大了，年輕時更厲害。」

「對，他不僅很會修理，也很會做東西……」

琵琵突然問了腦海中浮現的問題。

「我可以請教一個問題嗎？」

「什麼問題？」

「羅諾和托可說，這個工廠是專門修理的工廠。」

「是啊。」

「爺頭和匠人除了會自己做零件，還會做其他缺少的東西，為什麼不製作新的產品呢？」

「妳的意思是，為什麼執著於修理嗎？」

蜜賽絲脫下圍裙，在椅子上坐了下來，輕鬆地靠在椅背上。和動作俐落的蜜絲相比，她的舉手投足都很穩重。

「那是因為如果那個世界不存在，這個世界也無法存在。」

「什麼意思？」

蜜賽絲面帶微笑，露出了凝望遠方的眼神。

「送來這裡的東西，都是那個世界的人的記憶和回憶形成的形態。」

「對，我聽艾魯涅館長說了。」

「雖然形成了某種形態，但在那個世界未必是相同的形態，有時候，受傷的心也會變成某種形態送來這裡。」

「是。」

「受傷的回憶經由這個工廠修復之後，那個世界的人就可以踏出新的一步，將痛苦的過去變成美麗的回憶，就可以繼續活下去。我們就是在協助他們。」

「是。」

「所以，如果那個世界的回憶不送來這裡，我們就無法存在。」

琵琵的腦海中浮現了卡雷恩市的人們。不知道送來這裡的東西中，有沒有爸爸、媽媽，或是麗娜他們的回憶。

蜜賽絲目不轉睛地看著陷入思考的琵琵。

「而且……還有另一個理由。」

「什麼理由？」

「就是妳的外公……凱瑟．修密特。」

「我的外公？」

「嗯，爺頭曾經和凱瑟約定，不靠機械，而是用手工的方式修理大家的回憶……」

「爺頭和外公果然是朋友。」

「對，爺頭在年輕時，也在卡雷恩市工作。」

「去爺頭辦公室的走廊上，掛了一張舊照片，照片中是爺頭、外公……還有一個很高大的男人，他是誰？」

蜜賽絲露出了難過的眼神後，小聲地說：

「這件事以後再說。」

蜜賽絲似乎知道外公和爺頭的過去。

爺頭為什麼會在這個世界創立了這家回憶修理工廠？什麼時候認識滋奇和蜜賽絲？滋奇和爺頭為什麼想知道外公最後想要修理的東西……？

琵琵拿起托盤站了起來。

「蜜賽絲，我要去找爺頭了。」

蜜賽絲對她嫣然一笑說：

「好，加油囉！」

✿

手機遊戲「淨化女巫」的投票接連決定了要拆除舊城區的老舊建築，拆除鐘塔的投票期限也越來越近。

在可以俯視廣場的市長室內，墨勒諾市長手拿著智慧型手機，對面坐著那幾個黑色代理人。

「沒想到在這麼短的時間內，就有了這麼大的成果……這個遊戲到底是怎樣的架構？」

市長一身明亮的藍色西裝，繫著鮮紅色的領帶。

琵琵的爸爸也參加了這個會議，他被拔擢爲改革負責人兼市長輔佐，但他滿臉疲憊，眼睛下面也掛著黑眼圈。

「市長，三十分鐘後要接受卡雷恩網的採訪。」

「嗯。」

市長一臉心滿意足。

「這是改革前的卡雷恩市。」

左側的男人在螢幕上顯示了地圖。

穿越城市的河流南岸那片舊城區的一部分閃爍著紅色。

「這是目前的卡雷恩市。」

剛才閃爍著紅點的區域接連翻轉，閃爍著藍色。

「拆除和建造的需求直線上升，有越來越多人加入。」

「嗯，本市的財政也一下子由紅轉黑，但是，爲什麼能夠這麼快翻轉原本反對派占上風的狀況……連我自己也難以置信。」

右側的男人回答說：

「民主主義是建立在多數決的公平基礎上……這種想法只是幻想。」

「這樣啊。」

「如何運用市府的財政，如何管理公共事業，社會福祉要撥多少預算，認爲市民的意志可以決定這些問題也是幻想。在現實中，卽使有相當數量的人有不同的意見，多數派的意見會變成百分之百正確，這就是不完全的民主主義的現實。」

左側的男人繼續說了下去。

「假設針對可不可以殺人……這個問題進行投票，市民，你會投贊成票，還是反對票？」

「我當然反對，不，這種投票本身就太荒唐了。」

「這就是問題所在。」

「什麼意思？」

「想要舉辦投票的，就是那些認爲『可以殺人』的人。只要他們掌握了投票人數的過半數，就會變成百分之百正確。」

「這個例子太極端了。」

「墨勒諾市長，你還記得當選市長時的得票數，和贊成、反對的數字嗎？」

「不……我一時想不起來。」

「即使這樣，你現在仍然是市長。」

「你說話太無禮了，我是市民選出來的市長，爲這個城市的發展盡心盡力。」

市長不悅地把身體靠在椅背上。

「那……就由我來解說一下這個遊戲的架構。」

右側的男人敲了幾下鍵盤，在螢幕上同時顯示了「淨化女巫」的遊戲畫面，和卡雷恩市的地圖。

「這個遊戲的目的，就是讓玩家拿著手機走在街上，淨化這個世界，就可以升級，同時得到各種寶物。」

「喔，今天早上，我女兒也很高興地說，她拿到了稀有寶物。」

「是……令千金的帳號有特殊設定……」

「這件事千萬不能讓我女兒知道。自從她參加了特別升學課程，經常和我太太發生摩擦……要稍微讓她紓壓一下。」

「是。」

紅色區域的周圍有許多顯示道具位置的圖示。

「我們可以自由決定得到稀有寶物的地點。」

「原來是這樣……有越多人前往蒐集寶物，投票人數就越多……」

「沒錯。」

「難怪能夠在短時間內……」

「對，而且……是否要拆除鐘塔的投票期限也即將截止。」

目前的投票數即將接近目標數的五位數。

「我們剛才……在鐘塔廣場配置了稀有寶物。」

市長站在窗前低頭看著廣場，發現低頭看著手機的人群不斷湧向廣場。

「多年的願望終於得以實現了。那座時鐘是這個城市的象徵，但必須拋棄老舊的象徵，卡雷恩市需要創造新的歷史。」

中間的男人緩緩睜大了眼睛。

「閒聊就到此爲止。」

左右兩個男人收起了臉上的表情，再度面對筆電。

「新改革計畫的進展很順利……但是，目前更需要擴大公佈拆除鐘塔的消息，準備執行下一個計畫。」

「什麼計畫？」

「就是將舊城區變成智慧城市，首先要將凱瑟．修密特的工房變成新的改革象徵。」

琵琵的爸爸拿在手上的資料一張一張掉了下來。

「請問……這是怎麼回事？」

「你岳父的工房是匠人的精神支柱，接下來要改建工房，把匠人街變成針對觀光客的工房街。這樣就可以保護匠人的生活，卡雷恩市將再度享譽全世界。」

「修密特，這個主意聽起來很不錯啊。」

市長滿腦子都想著接下來採訪的事，心不在焉地說。

「喔……但是……」

中間的男人露出了冷笑。

「修密特先生，必須切斷過去通往現在的路。」

第十三章 傾聽菲力茲的聲音

琵琵離開食堂，走去爺頭的辦公室。

爺頭辦公室內關了燈，只有工作桌上的檯燈淡淡照亮了爺頭的臉。爺頭可能打開了窗戶，新鮮空氣吹了進來。

「爺頭……我來晚了。」

琵琵說，爺頭對她舉起右手說：

「等一下。」

琵琵點了點頭，走向工作桌。

菲力茲躺在使用多年的木製工作桌上。

琵琵的臉頰淡淡地映照在銀色的盤子上。菲力茲的腦袋離開了身體，臉部有一半被壓扁了，原本鑲了綠色眼睛的位置歪斜著，鐵皮扭在一起，凹了下去。

右手臂離開了肩膀，左手臂扭向奇怪的方向。胸部到腰部有一半的鐵皮剝落，發條和轉把都掉落了。

右腳的大腿到膝蓋部分被壓扁了，左腳雖然維持了原形，但和身體連結的馬達不見了。

「要從哪裡開始著手呢？」

爺頭站在琵琵身後吸著菸斗。

「妳知道該如何思考嗎？」

爺頭戴著厚鏡片眼鏡，一雙圓圓的大眼睛問道。

「我知道，要思考按照怎樣的順序作業。」

「具體來說呢？」

「把相似的零件和作業進行分類。假設有一百項作業，可以整理成十大類，然後決定先後順序。」

「是喔，然後呢？」

「不急的工作要趕快完成，越是重要的工作，越要花時間慢慢做。」

「光這樣還不行。」

爺頭靜靜地說道，但語氣很嚴厲。

「最重要的一件事，」爺頭盯著琵琵的眼睛，「就是傾聽菲力茲的聲音。」

「菲力茲……的聲音？」

「也可以說……這是瞭解凱瑟。」

爺頭走向工作臺，低頭看著菲力茲。

「在瞭解製作那樣東西的意義之前，不可以輕易動手修理。」

琵琵也看著菲力茲。

「任何一件物品都充滿物主的回憶，必須努力摸索那些記憶。」

「好。」

「必須思考凱瑟的想法，瞭解他把菲力茲託付給妳的原因。」

琵琵默默點了點頭。

✿

接下來的日子忙得暈頭轉向。

琵琵努力跟上爺頭工作的腳步。

吃完晚餐後，琵琵回到爺頭的辦公室，持續觀察菲力茲。

爺頭吸著菸斗，坐在工作桌前工作。

外公想要把什麼託付給我？

外公去世之後，菲力茲是琵琵唯一的朋友。無論是難過的事，還是高興的事，琵琵都會告訴菲力茲。

菲力茲總是看著琵琵，連續好幾個小時聽她說話。

「我知道了……」

琵琵發現了一件事。

當她難過的時候，覺得菲力茲也在哭泣；當她開心的時候，覺得菲力茲對她露出微笑。

如果菲力茲整天都在笑，就無法接受琵琵的悲傷。相反地，如果總是一臉悲傷的表情，就無法分享琵琵的喜悅。

「爺頭。」

坐在工作桌前的爺頭抬起了頭。

「外公想要讓我結交朋友。」

「怎樣的朋友？」

「當我難過的時候，可以陪著我一起難過；當我開心的時候，可以陪我一起歡笑的朋友。」

「喔。」

爺頭緩緩站了起來，走向琵琵。

「所以……妳認爲這是凱瑟寄託在菲力茲身上的意志嗎？」

「對。當我難過的時候，它就露出悲傷的表情；當我開心的時候，它就露出高興的表情……這就是菲力茲。」

爺頭用沾到墨水和顏料的手指，摸了摸菲力茲的額頭。

「很好。如果妳沒有想清楚這些事就開始修理菲力茲，就會只把自己的想法投射在菲力茲身上，所以必須先拋開自己的想法和意志，傾聽物品的聲音，只有這樣，才能夠看到眞相。」

「好。」

爺頭默默看著琵琵的臉問：

「琵琵，妳是爲了自己想要修好菲力茲嗎？」

琵琵問自己的內心這個問題。

「不……」

剛來到這個世界時，她一心想要讓菲力茲恢復原狀，但她現在發現，自己的心願已經改變。

「現在不是爲了自己，而是希望可以爲別人工作……」

爺頭露出平靜的眼神問琵琵：

「那妳認爲……工作是什麼？」

「做別人感到高興的事……」琵琵抬起了頭，「我認爲這就是工作。」

然後，她的內心浮現了一直在思考的事，脫口說了出來。

「爺頭……我想一直在這家工廠工作。」

爺頭沒有回答琵琵，靜靜地看著琵琵。

「那就開始吧，接下來的一個星期，妳要修好菲力茲。」

「一個星期……」

「今天是星期五，所以完成期限是下個星期五。我會看妳完成的成果，如果及格，我就同意妳留在這家工廠工作，但是……」

琵琵吞著口水。

「如果不及格，妳就必須回到原來的世界。」

琵琵的心臟用力跳了一下。

✿

那天傍晚。

托可走在兩旁有很多紅磚房子的路上，手上拿著記憶連鎖公司的代理人給他的那張黑色名片。

他住在亞細德加工作所工作已經六年。

他從新人成爲學徒，無法忘記從爺頭手上接過黃色工作服時的喜悅。他很希望能夠早日成爲獨當一面的匠人，抬頭挺胸回到故鄉……他爲此每天都很努力。

他每天都在翹首盼望接受匠人考試的日子。

就在這時，琵琵出現了。

托可無法克制自己內心的疙瘩漸漸膨脹。

爲什麼大家都對琵琵特別好？

我比琵琵資深，比任何人更努力，爲什麼無法受到肯定？

他穿越了狹小的小路，來到一個中央有一口水井的石板廣場。

三個身穿黑衣的代理人站在水井周圍。

「托可．畢納瑪亞……我們正在等你。」

「不好意思，我來晚了，因爲我第一次來這裡……」

托可拿下帽子，向他們鞠了一躬。

「不必在意，」中間的男人緩緩走向他，「這裡在各方面……都很適合，也不必擔心別人聽到我們重要的談話。」

水井旁有一塊黑色石頭的慰靈碑，上面雕刻著人們痛苦地扭打在一起的樣子，看起來很可怕。

中間的男人把手放在慰靈碑上說：

「以前，這裡曾經發生過悲劇。」

「悲劇……？」

「想要緊緊擁抱舊回憶的人，和想要打造新世界的人發生了衝突，導致了很多犧牲者。」

「……」

「托可先生，在這個世界，有些人創造新事物，但有些人並不是這樣，絕對不能讓曾經在這裡發生的悲劇再度重演。」

「請問……」

「什麼事？」

「有關在電話中談到的事……」

「不好意思，這種事和你這麼前途無量的年輕創造者沒有關係。」

「創造者？」

「對，不要再用匠人這種陳舊的名稱，在當今的時代，根本不需要浪費時間拜師學藝，當什麼學徒，不需要爲了未來忍耐。可以把一切交給機械和電腦，你應該將時間和才華運用在更有創意的工作上。」

那個男人停頓了很長時間，露出了悲傷的表情。

「聽說……照目前的情況，亞細德加工作所恐怕很難繼續經營下去。」

「啊！」

「雖然我們祈禱不會發生這種事……」

托可低下了頭，似乎有點難以啟齒。

「假設……我是說假設，」

「假設什麼？」

「如果我……去新工廠，會擔任什麼職務？」

「你希望的職務，我們公司很願意投資像你這麼有才華和熱忱的人。比方說……你認爲這樣的職務如何？」

男人遞給托可一個鋁製的小盒子。

「這是……？」

「請你打開看看。」

托可打開了密閉的盒蓋，裡面的空氣噗地一聲漏了出來。

小盒子裡是一張漆黑的名片。

上面用銀箔印著——

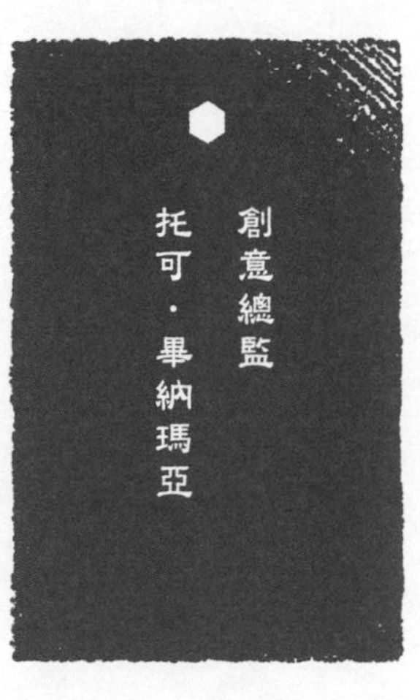

「這是每個月支付給你的薪水，如果你現在馬上決定，還會再支付你半年份的薪水作爲簽約金。」

男人遞給托可的紙上，寫著他以前從來沒有見過的金額。

「這麼多……？」

托可驚訝得手指發抖。

「我在新的工廠……要做什麼？」

「所有的事，你不需要再擦鏡片，或是製作一些小零件，這些工作都交給最新型的機器，我們需要的是你獨創的才華。」

「才華……」

漸漸失去的自信再度在內心膨脹。

✿

見證了卡雷恩市歷史的鐘塔決定要拆除了。

時鐘將捐給博物館，最新的數位時鐘將爲這個城市帶來新的時間。

卡雷恩市的報紙頭版刊登了這則新聞。

在拆除成爲卡雷恩市象徵的鐘塔這個問題上，反對派的人持續抵抗到最後。

但是，想要「淨化女巫」中稀有寶物的玩家人數占壓倒性多數，這個遊戲軟體爆紅，投票人數暴增，拆除鐘塔這件事已經無關贊成或反對，變成了市民共同的決定。

在決定拆除鐘塔的同時，也決定要改建一棟建築。

那就是凱瑟・修密特的修理工房。

曾經是匠人心靈支柱的工房即將改建，把舊城區變成智慧城市的改革計畫將正式實施。

這個計畫當然是黑色代理人在幕後操控。

沒有人發現，記憶連鎖公司參與了智慧城市化的所有生意，試圖從中獲得龐大的利益。

✿

滋奇和羅諾正在亞細德加工作所的地下倉庫，抱著雙臂，面對著堆積如山的退貨物品。米雅一臉不安地站在不遠處。

燈光照亮了架子上放著的舊人偶、動物玩偶和鐵皮玩具。

「眞讓人難過，這些都還可以使用。」

「退貨的理由五花八門。」

羅諾翻著單子，開始朗讀退貨的理由。

「原本打算送給孫子當聖誕禮物，但後來覺得還是新玩具比較好，所以將貨品退回。」

「哼。」

「新產品的性能比較好，所以舊的不需要了。」

「哼哼。」

「我不記得曾經請你們修理這種東西，我不需要，所以你們拿回去。」

「哼哼哼。」

「我很在意修理的痕跡……」

「夠了！」

滋奇的外八字雙腳抖了起來。

羅諾難以啟齒地說：

「滋奇先生。」

「什麼事！」

「關於上次的……改革方案。」

「怎麼樣？」

「對我們工廠的匠人來說……或許並不是壞事。」

滋奇立刻不再抖腳。

「資料上寫著，將保證僱用所有的匠人，機械化的費用和營運費也都由對方負擔。這麼好的機會千載難逢，我們工廠的匠人一定能夠很快適應新工作……」

「你認爲天底下有這麼好的事嗎？」

「但是……」

「這個世界上有兩種工作，一種是發揮智慧，流下汗水，靠自己的雙手創造出某些東西。另一種工作，就是把別人的工作吹噓成自己的成就，四處招搖撞騙。」

「喔。」

「那些人看到哪裡有利可圖，就會花言巧語靠近，然後到處把別人製造的東西說成是自己的，但一旦滯銷，就馬上如棄敝屣。」

「他們也是……這種人嗎？」

「你難道不覺得奇怪嗎？在退貨突然增加的節骨眼，他們就出現了。」

「喔喔。」

「而且，如果不謹慎思考，隨便引進機械看看，到時候不是人類使用機械，而是機械使用人類。」

地下倉庫傳來電梯門打開的聲音，爺頭抬頭挺胸走了過來。

「讓你們久等了。」

爺頭站在滋奇身旁，抬頭看著那些被退回來的玩具。

「不好意思，在你百忙之中打擾。」

滋奇點了菸，吐了一口煙之後問他：

「琵琵的情況怎麼樣？」

爺頭把菸絲裝進菸斗時回答：

「我給她一個星期的期限。」

「這樣啊，希望時間來得及……」

爺頭點了點頭之後，突然露出了不悅的表情。

「我看過了。」

滋奇也皺起了眉頭。

「你是說……改革方案嗎？」

「莫名其妙！爲什麼還要繼續製造那種廢物。」

「我嗅到了……危險的味道。」

爺頭的雙眼在眼鏡後方發亮。

「滋奇，既然你這麼認爲，應該八九不離十。」

滋奇抬眼看著爺頭。

「你還記得……卡雷恩市市長的父親嗎？」

「你是說墨勒諾嗎？」

「對，當時也是同樣的傢伙在幕後操控。」

「嗯。」

「當時突然有人大喊革命，說要重新打造城市。墨勒諾只是被他們利用了。」

「哼！只有不動腦筋的傻瓜才想要革命，到目前爲止，那些大喊革命、改革的人，從來沒有成功過。」

爺頭大口吐著菸斗的煙。

「這次又讓提出這份改革方案的人有機可乘……就這麼簡單，但這次是墨勒諾的兒子。」

「卡雷恩市的市長嗎？」

「對，他提出改革，要重新打造卡雷恩市。改革後的卡雷恩市到處充斥著羨慕別人的幸福，而且讓自己看起來比實際更幸福的服務。」

「提出這份提案書的人在幕後操控嗎？」

「對……因爲改革的背後，隱藏了龐大的利益。」

米雅聽著他們說話，戰戰兢兢地問：

「滋奇先生，爺頭，可以打擾一下嗎？」

「什麼事？」

滋奇只把脖子轉向米雅的方向，似乎避免增加腰部的負擔。

「有幾名工作人員去了其他工廠，這件事該怎麼辦……？」

「妳是說他們辭職了嗎？」

「對……除了我們工廠，其他工廠也收到了改革提案。」

「所以他們跳槽了。」

爺頭吸著菸斗，大口吐著煙。

「對……他們說，不能光靠修理維生……漢德威克街的很多工廠都接受了提案。」

「哼！眞是荒唐！」

爺頭用鼻孔噴氣說。

「無可奈何的事就是無可奈何，有辦法解決的事就有辦法解決。」

滋奇恢復了往常若無其事的表情，轉頭看著爺頭。

「爺頭，這個世界無法干涉那個世界，琵琵是關鍵，只要琵琵找回記憶……」

「我會守護她，只要她面對凱瑟留下的遺物，也許會想起什麼。」

「那就拜託你了。」

滋奇和爺頭走進了電梯。

羅諾和米雅互看著。

滋奇和爺頭曾經攜手多次克服危機。

但是，他們第一次面臨像這次一樣的危險。

羅諾和米雅靜靜地注視著被主人遺忘的玩具。

✿

這是琵琵開始修理菲力茲的第二天。

她吃完早餐，走出食堂，看到羅諾在中央大廳的電梯前，拿著大聲公對著匠人說話。

「各位同仁，今天的業務暫停，請回到各自的房間待命。」

大廳內的匠人全都擠在電梯前。

「這是怎麼回事！交貨期還是老樣子吧！」

「晚一點會向各位說明情況！」

「這件事和退貨增加有關吧！」

「對！我們都知道，羅諾，雖然你努力隱瞞，但大家都知道，地下倉庫堆滿了退回來的貨品。」

琵琵看到托可也擠在人群中，他踮著腳聽著羅諾的說明，當他發現琵琵，一臉尷尬的表情走了過來。

琵琵渾身緊張，努力擠出聲音說：

「早安，托可……先生。」

「妳在爺頭那裡工作期間，」托可的態度很冷淡，然後大聲叫了起來，「出了大事！退貨越來越多，修理好的東西也無法出貨。」

「所以才……」

「對，因爲說有人在等待，所以我們仍然繼續工作，但現在倉庫都堆滿了，即使繼續修理，也沒地方可以放了。」

「各位同仁，晚一點會向大家說明之後的情況。」

匠人紛紛說著不安和不滿，走回自己的臥室。

「琵琵……妳要去爺頭那裡嗎？」

「嗯，嗯……因爲這個星期五是匠人考試。」

「匠人考試?!」

托可的臉脹得通紅，握緊的拳頭不停地顫抖。

琵琵發現自己說了不該說的話，托可在這裡工作了多年，一直希望可以成爲匠人……

「啊，不是……只是要把菲力茲……」

琵琵慌忙想要掩飾，但托可用滿是怒火的雙眼瞪著她後跑走了。

琵琵按著發悶的胸口，走進了電梯。

不安從她的腳下爬了上來。

她走出電梯，走向爺頭的辦公室。工廠內靜悄悄的，踩在地毯上的腳步聲顯得格外大聲。

爺頭不在辦公室內。

許多想法都浮現在腦海，但琵琵專心擦著菲力茲的零件。

那一天，爺頭直到晚上，都沒有回到辦公室。

隔天，中央大廳貼了一張爺頭手寫的佈告。

無限期停工通知

亞細德加工作所多年來都是走一步，算一步，所以接下來將無限期停工。

我們面臨一個困難的時代，時代不再需要我們的工作，這也是時代的潮流。與其消極對待，不如視為一個機會，積極加以運用。

這是體驗完全不同世界的良好機會。

爺頭・滋奇

那天傍晚，匠人都紛紛離開了亞細德加工作所。

一個人、兩個人，一個又一個匠人離開，托可也在其中。

羅諾和米雅都滿臉憔悴，除了要處理退貨，還必須爲離開工廠的匠人辦理手續。

工廠失去了匠人這種血液，很快就失去了活力。

倉庫堆滿了退回的貨品，也無法再收到新的貨物。

琵琵獨自站在佈告前。

卽使自己通過了匠人考試，如果工廠停工，自己就無處可去了。

卽使這樣，琵琵仍然強烈地想要留在滋奇和爺頭身邊工作。

第十四章 匠人考試

一名白髮老人和一名少女站在槓骨前。

他們是玩具博物館的館長艾魯涅和蕾蒂。

蕾蒂握著艾魯涅的手，一臉不安地注視著廣場。

「又有一條路……消失了。」

「是啊，改革讓這個世界不斷消失……」

「福拉威恩路沒問題嗎？」

「嗯，玩具博物館建立在那個世界完成了使命的回憶基礎上，目前還沒有問題，但是，可能早晚會出問題。」

蕾蒂用力握緊了艾魯涅的手。

「工廠的人都走光了，原本在我們工廠的匠人都去了那裡。」

蕾蒂看向正轟隆轟隆慢慢靠近的漢德威克街。即使站在這裡，也可以看到漢德威克街上聳立的漆黑牆壁工廠，正不斷吐出黑色的煙霧。

艾魯涅開了口。

「而且……有一件傷腦筋的事。」

「什麼事？」

「在決定卡雷恩市鐘塔拆除典禮日期的同時，公佈了要將舊城區變成智慧城市，首當其衝的就是凱瑟的工房。」

「什麼時候？」

「下個星期天……就是琵琵參加匠人考試再隔兩天的日子。」

「怎麼……到時候會怎麼樣？」

「連結兩個世界的路會完全斷絕，這個世界會完全被人遺忘，然後消失。」

蕾蒂說不出話。

「蕾蒂，雖然是陳年往事了，但我有沒有告訴妳，爺頭和滋奇在那個世界的事？」

「嗯，好像曾經聽你說過，但我忘記了。」

「是啊，因爲妳只要經過一晚上，就會把所有的事都忘光光。」

「你再告訴我一次。」

艾魯涅把手放在蕾蒂的肩膀上。

「很久以前……在那個世界，曾經發生了一場很大的戰爭，城市都遭到破壞，許多人都不幸喪生，卡雷恩市也不例外。」

「嗯。」

「爺頭當時在卡雷恩市當匠人，琵琵的外公凱瑟，和現任市長的父親墨勒諾是他當時的同事。」

「所以，那個討厭的市長的爸爸，和琵琵的外公，還有爺頭以前是同事嗎？」

「對，他們三個人是享譽全世界的出色匠人，爺頭和凱瑟是重視傳統，堅持手工製作的匠人，但墨勒諾市長的父親想要結合新技術，爲卡雷恩市的製造業帶來革新。」

「原來他們兩個人和墨勒諾的爸爸完全相反。」

「嗯，但三個人仍然是好朋友，只不過戰爭改變了一切。戰爭結束後，整個城市變成了廢墟。」

「嗯。」

「戰後，卡雷恩市需要他們三個人，既需要他們把失去的東西重新找回來，也需要他們重新建設的能力，但是，在某起事件之後，墨勒諾市長的父親放棄繼續當匠人。」

「發生了什麼事？」

「不知道……爺頭在那起事件之後，設立了亞細德加工作所。」

「爺頭爲什麼會來這個世界？他是什麼時候認識滋奇的？」

「蕾蒂。」

「什麼？」

「妳……以前也在那個世界。」

「啊？」

「妳一天會忘記所有的事，所以不記得了。」

「不是忘記了，在睡覺的時候……在時光繭中都記得。」

「是嗎？」

「嗯，所以不是忘記，而是在夢中回到了小時候的感覺。」

「那如果中途醒來了呢？」

「就會隱約記得在此之前的事。」

「原來是這樣，所以妳有在時光繭中醒來時的記憶。」

「對，但很快又睡著了。」

「原來是這樣。」

艾魯涅似乎陷入了思考。

「怎麼了？」

「沒什麼……我只是在想，不知道爺頭目前在做什麼？」

「他整天工作，然後看著琵琵修理凱瑟的遺物。」

「滋奇呢？」

「去凱瑟的工房，瞭解凱瑟爲什麼會去世，最後想要做什麼。」

「不知道有沒有找到線索。」

「沒有……每天早上都滿臉憔悴地回來。」

「琵琵的記憶呢？」

「好像還沒有回想起來……」

「是嗎……滋奇和爺頭這次可能也束手無策了。」

蕾蒂猛然抬起頭說：

「沒這回事！滋奇和爺頭在這種時候，絕對會想辦法，然後靜靜等待起風的時候……」

漢德威克街和槓骨連在一起。

漆黑的工廠發出了沒有生命的機械聲。

「艾魯涅。」

蕾蒂叫了一聲。

「什麼事？」

「艾魯涅……你應該不會消失不見吧？」

白髮館長微笑著回答：

「不用擔心，我剛才不是說了嗎？玩具博物館內都是已經完成使命的回憶。」

「嗯。」

「不知道滋奇和爺頭在想什麼辦法……我們就拭目以待。」

「嗯，是啊。」

蕾蒂走向漢德威克街，回頭向艾魯涅揮了揮手。

琵琵在爺頭的辦公室內，一直坐在工作桌前。

要將菲力茲變了形的外殼恢復原狀，是一件需要發揮耐心的工作。

悲傷的時候露出悲傷的表情，開心的時候露出開心的表情——數毫米之差，就可以完全變成不同的表情。

滋奇不時走進爺頭的辦公室，和他討論事情。

有時候只聊五分鐘，有時候會討論好幾個小時。昨天，琵琵從資料室走回來時，聽到爺頭和滋奇在辦公室內討論的聲音。

「琵琵還有沒有……？」

「對，但我認爲她面對凱瑟的遺物，應該能夠喚醒她的回憶。」

「隨著改革的推動，這個世界的存在也越來越危險。」

「是啊，沒有時間了……」

琵琵爲無法回憶起和外公之間的記憶感到痛苦不已。

滋奇的態度也發生了變化。

琵琵仍然每天晚上寫日誌，但自從工廠宣佈停工之後，滋奇的回覆變得很簡單。

雖然琵琵有很多事想寫，但想到滋奇應該很忙，所以就寫得很短。

爺頭在休息時間告訴琵琵有關和外公之間的回憶。

「製造物品的人到底想要展現什麼？想要傳達什麼？是凱瑟告訴我，思考這些問題的重要性。」

也許爺頭期待藉由這麼做，喚醒琵琵的回憶。

「戰爭結束後，我和凱瑟走在一片被燒成廢墟的原野上。啊，當時還有另一個人，就是目前卡雷恩市市長的父親墨勒諾。」

「麗娜的爺爺……」

爺頭點了點頭。

「凱瑟問我和墨勒諾，你們記得以前這裡的房子長什麼樣子？」

爺頭的思緒似乎回到了遙遠的過去。

「我憑著記憶，把街道的樣子畫了出來，但凱瑟記得比我更加清楚，讓我很不甘心，而且，他光是看房子的外表，就知道房子的構造和格局。我們就是用這種方式，讓城市慢慢恢復了原狀。」

「你們靠著回憶……重建了卡雷恩市嗎？」

「那時候我們都很年輕，所以……能夠根據大家的記憶，重建那座城市。」

琵琵回想起在城址俯視的卡雷恩市，原來那不是很久以前一直存在的，而是外公和爺頭他們重新打造的。

「墨勒諾說，不要受到過去的束縛，卡雷恩市必須重生，變成一個全新的城市，他設計了新城區，那也是正確的決定，並不是只能擇一。」

「聽說麗娜的爺爺後來放棄繼續當匠人。」

爺頭默默點了點頭。

「爲什麼？」

「墨勒諾的才華被人利用了。」

「誰？」

「那些不反省過去，只爲了自己的私利和私慾而活的人，在任何時代，都會有這種人。」

「和目前在這個世界和那個世界發生的事有關係嗎？」

爺頭沒有回答琵琵的問題。

「我們的工作並不是要比別人做得更好，或是必須完成什麼，而是要把從別人手上接過來的接力棒傳給其他人。」

然後，他低頭看著菲力茲說：

「不知道凱瑟想把什麼交給妳。」

爺頭既像是在問琵琵，又像在問自己。

「外公想把什麼交給我……」

這句話深深烙在琵琵的心裡。

✿

滋奇走過黑暗的樓梯，在凱瑟．修密特的修理工房內找一樣東西。下個星期天，卡雷恩市的鐘塔拆除的同時，也要拆除工房。一旦經由這個工房連結兩個世界的路封閉，一切就完了。

滋奇每天晚上都在這裡找到天亮，但仍然沒有找到他想找的東西。

滋奇坐在凱瑟的椅子上，點了一支菸，吐了一大口煙，閉上了眼睛。

凱瑟．修密特爲什麼死了？

他最後想要做的工作是什麼？

工房內鴉雀無聲，只能隱約聽到鐘塔廣場傳來的狗叫聲。

「……？」

靠在椅背上的滋奇突然發現了什麼，忍不住探出身體。他看到有幾張紙藏在老舊的櫃子下方。

他趴在地上，把手伸進櫃子下方。

積了淡淡灰塵的紙似乎是設計圖。

滋奇重新坐回椅子上，低頭看著設計圖。

「原來是這樣——」

滋奇的雙眼發亮。

他啪沙啪沙地翻了起來。設計圖上的齒輪複雜地交錯在一起，好幾張紙上都是某樣東西的構造圖。

「凱瑟最後想要修理的東西原來是……」

他站了起來，椅子發出巨大的聲音倒向後方。

「卡雷恩市的鐘塔……」

滋奇跑到工房門口，隔著門上的窗戶，抬頭看著鐘塔。黑夜中的鐘塔架了鐵製的鷹架，已經著手進行拆除的準備工作。

「不知道是否來得及……」

滋奇轉身跑回了原來的世界。

✿

星期四早晨。明天就是必須完成菲力茲修理工作的期限。

琵琵站在躺在工作桌上的菲力茲面前。

至今爲止，她覺得已經充分思考了所有的事情，但爺頭對她說的話一直縈繞在耳邊：

不知道凱瑟想把什麼交給妳。

琵琵還沒有找到答案，就要迎接明天的匠人考試，內心感到極度不安。

她看向爺頭的工作桌，發現工作桌上有一樣她熟悉的東西。那是一個牛皮紙信封和幾張信紙。

她拿起信紙，忍不住倒吸了一口氣。

致凱瑟・修密特先生

「是寫給外公的……」

她覺得耳朵發燙，心臟噗通噗通跳了起來。

信紙上寫滿了淡淡的藍色鋼筆字，在空白處印的文字雖然是漢字，但信的內容是琵琵的國家所使用的語言。

琵琵坐在椅子上，看著從異國寄給外公的信。

致凱瑟·修密特先生：

雖然我不知道該如何寫信拜託在遙遠的大海彼岸，素未謀面的人，但還是提起了筆。

我叫紫乃，住在日本東京。

這個音樂盒是我的外祖父在戰前送給我外祖母的禮物。

「音樂盒……就是那時候的？」

琵琵想起了第一天在這家工廠工作的事，然後再度低頭看信。

我的外祖父在戰地身亡，外祖母獨自把我的母親撫養長大，然後我母親又生下了我。

外祖母每天晚上都聽著音樂盒的音樂，思念著英年早逝的外祖父，獨自在暗夜流淚。

外祖母在二十年前去世，如今，我的母親也臥病在床。

醫生說，我的母親還剩下半年的時候，她最近說，很想再聽聽外祖母生前很珍惜的音樂盒。

母親從來沒有見過她的父親，母親記憶中的父親，是隨著這個音樂盒的音樂，外祖母所告訴她的。

母親希望能夠帶著死去的外祖母和外祖父的回憶，離開這個世界。

我很希望能夠重新找回外祖母和外祖父，以及母親的回憶，所以冒昧寫信拜託。

淚水在不知不覺中，順著琵琵的臉頰滑了下來。

「原來那個音樂盒有這樣的回憶……」

琵琵腦海中浮現了外公看這封信的身影。

某個記憶在琵琵內心閃現。

那是關於卡雷恩市鐘樓廣場的記憶。

時間是在夜晚。

琵琵披著外公的披肩，抬頭看著鐘塔。

她手上抱著菲力茲。

她在那些風吹雨打的機械人偶之間，看到了外公的身影。

外公向琵琵揮手，然後大聲對著琵琵說：

「琵琵，我這就下去拿菲力茲——」

記憶飛到了另一個地方。

那裡是卡雷恩市中央醫院的走廊。

她聽到了媽媽的啜泣聲。爸爸把手放在媽媽肩上。

琵琵雙腳顫抖地走向他們。

「外公呢？」

媽媽跑到琵琵面前，緊緊抱著她。

媽媽吸了一口氣，想要說什麼，但很快就變成了嗚咽。

「琵琵……」

琵琵轉過頭，看著爸爸。

「外公他……」

爸爸蹲在地上，把手放在琵琵肩上。

「琵琵……外公他——去世了。」

咚！隨著一聲沉重的聲音，琵琵的記憶再度逆轉回到了鐘塔廣場。

原來是這樣——外公——在那時候……

壓抑的記憶從身體深處湧現，變成了淚水，流了下來。

琵琵想起了外公去世時的事。

「琵琵。」

琵琵轉過頭，發現爺頭站在身後。

「妳腦袋的蓋子打開了。」

琵琵流著淚，轉身面對爺頭。

「對，外公要修理鐘塔……」

爺頭想著遙遠的卡雷恩市，小聲嘀咕說：

「只是修復受了傷的記憶還不行。」

爺頭讓琵琵坐在沙發上，然後在她身旁坐了下來。

「人往往會把眞正的回憶藏在記憶深處，即使已經忘記了，仍然留在記憶深處。」

「嗯。」

琵琵擦著眼淚，點了點頭。

「重要的是記下來，即使不小心忘記了，總有一天會想起來。我們的工作並不是修理物品，而是要找出遺忘的回憶，送回物主手上。」

「這封信中的……音樂盒，後來怎麼樣了？」

「雖然生鏽很嚴重，但最後恢復了美麗的音樂……在妳來這裡的第二天，就送回物主手上。」

「太好了……」

「凱瑟和我們就是在做這樣的工作。」

「是。」

爺頭看著琵琵的眼睛說：

「明天就是期限了。」

「對。」

琵琵注視著爺頭的眼睛回答。

✲

「爺頭。」

爺頭獨自在辦公室內看著卡雷恩的老舊地圖，滋奇探頭進來。滋奇面容憔悴，臉上的鬍子也沒刮，但雙眼炯炯有神。

「滋奇，有什麼事嗎？」

「琵琵呢？」

「她回想起來了，回想起凱瑟離開時的事……」

「是不是在鐘塔？」

滋奇把手上的設計圖攤在爺頭面前。

「我在凱瑟的工房發現了這個。」

「和琵琵的記憶相同，她也說凱瑟想修理鐘塔……」

滋奇拿出打火機點了菸。

「拯救這兩個世界的方法隱藏在鐘塔。」

爺頭把眼鏡推到頭頂上，仔細打量設計圖。

「凱瑟到底想幹什麼？」

「星期天舉辦鐘塔拆除典禮的同時，工房也會遭到破壞。」

「要怎麼辦呢……？即使我們去了那個世界，也無法走出工房。」

「就是啊。」

滋奇摸著脖頸後方，挑起了眉毛。

「你想說什麼？」

「不……有點難以啟齒。」

滋奇走向爺頭，向他咬耳朵。

爺頭瞪大眼睛，露出了苦笑。

「滋奇……你又把這種苦差事推給我。」

「對不起。」

滋奇露齒一笑，爺頭用力抓著頭。

✲

星期五早晨。

琵琵坐在床上，看著托可以前睡的那張床。

以前擠滿匠人的臥室內，如今只有琵琵一個人。

她回想起第一天來到亞細德加工作所的事。

她看著托可的臉，忍不住心跳加速。周圍的匠人雖然話不多，但都很親切。一天的工作結束後，大家吃完蜜賽絲做的美味晚餐，進入夢鄉後，熟睡呼吸聲好像在大合唱——

她覺得這一切既像是遙遠的往事，又像是昨天才發生的事。

昨天晚上，琵琵在滋記上寫了以下的內容。

明天就是匠人考試。

今天，我想起了外公去世時的事。

如果沒有想起這件事，就無法參加明天的考試。

整理整頓和記憶力是工作上最重要的事。

謝謝你教會我這麼多事。

滋奇沒有回覆。

食堂內空無一人。

平底鍋和餐具都悲傷地搖晃著。

桌上放著藍白雙色的餐桌紗罩。

移開紗罩，出現了豪華的早餐。

加了綠色、紅色和黃色大量蔬菜的歐姆蛋，還有加了大量枸杞的沙拉，加了絞肉和蔬菜的肝奶酪旁配了大量用橄欖油炒過的香芹。

還有自己榨的柳橙汁，和糖水蘋果。牛奶裝在鍋子裡，蜜絲把加熱方法詳細地寫在紙上。

琵琵一口一口慢慢咀嚼著。

她感覺到淡淡的鹹味，難道是淚水的味道嗎？

她洗完餐具，收拾完畢後，走向中央大廳。

她走進電梯，按了五樓的按鈕。

隔著圓形窗戶看到了二樓的匠人室，木製的工作桌前空無一人，匠人室內靜悄悄的。

琵琵覺得電梯到五樓的時間很漫長。

即使通過匠人考試，有辦法在這裡工作嗎？

如果沒有通過，真的必須回到原來的世界嗎？

她沒有一天不想爸爸、媽媽和卡雷恩市的事。

但是，琵琵發自內心想在這家工廠工作。

她敲了敲爺頭辦公室的門。

「我是琵琵。」

短暫的沉默後，聽到了爺頭的聲音。

「請進。」

琵琵推開沉重的門，走進辦公室。

爺頭坐在椅子上抽著菸斗，菲力茲在燈光下發出淡淡的金色光芒。

「請多指教。」

「好，那就開始吧。」

「好。」

鐵皮外殼幾乎已經完成了。

琵琵之前不停地敲打鐵皮外殼，讓手拿菲力茲的人無論在高興的時候，還是悲傷的時候，菲力茲都會露出相符的表情。

擦乾淨的零件在盤子上發光。她花了很多時間，讓那些之前沾滿了沙子，被踩扁的每一個零件都恢復了原來的樣子，當有不足的零件時，又從龐大的庫存中挑選出相似的零件後加工完成。

這兩天，她一直在做菲力茲那隻綠色的眼睛。

菲力茲那隻深邃清澈的綠色眼睛必須重新做。

琵琵的靈感來自之前去玩具博物館時，看到的那隻水獺絨毛娃娃的眼睛。因爲水獺的眼睛是用樹脂做的。

琵琵把好幾種樹脂放進燒瓶，呈現出不同的顏色後再著色，終於完成了記憶中的菲力茲眼睛。

她感到渾身充滿了以前不曾體會過的專注力。

她一次又一次調整，讓齒輪和轉動軸充分咬合，然後慢慢加入少許機油，用鐵鎚調整形狀，一次又一次分解、組合。

身體和手腳的連結部分讓她感到棘手。她用轉動軸連結後，發現無法順暢活動。她先將手臂和身體暫時固定，繼續進行作業，但花了好幾個小時，手臂才終於能夠靈活活動。

爺頭一直不知道在畫什麼。

「呼！」

琵琵鎖緊最後一根轉動軸的螺絲後，輕輕嘆了一口氣。

活動的部分全都連接起來了。

她讓菲力茲躺成大字，將它的右手緩緩向前移動，它的左手也跟著活動起來。彎曲左腳時，右腳跟著後退。菲力茲的身體扭動起來，好像在緩慢跳舞。

「好。」

終於進入最後的工序——爲菲力茲裝上失去的一隻眼睛。

琵琵把用樹脂做的綠色眼睛放在紗布上，噴了水之後擦乾淨。琵琵的臉映照在透明的樹脂表面。

她用鑷子夾起綠色的眼睛，壓進菲力茲的眼窩，然後緩緩用力，將和眼窩的直徑相同的眼珠子壓進去。

喀咚一聲，眼珠子壓進了眼窩。

琵琵抬頭看著天花板，閉上了眼睛。她覺得外公的臉再度閃現在眼瞼深處。

她睜開眼睛，低頭看著菲力茲。雙眼凝聚了生命力的菲力茲似乎露出了淡淡的微笑。

琵琵站在不遠處，看著菲力茲。

燈光下的菲力茲完全是琵琵記憶中的樣子。

她再度走向工作桌，確認每一個零件和咬合。

「好，沒問題。」

她覺得一切都很完美。

外公留給自己的重要朋友終於獲得了新生——琵琵這麼認爲。

她抬起頭，拿下放大鏡，轉頭對爺頭說：

「爺頭。」

爺頭緩緩抬起頭的樣子有點模糊，看起來好像有雙重。

「我完成了。」

爺頭站了起來，咬著菸斗，走向琵琵。

琵琵覺得自己盡了最大的努力。

她自認比任何人更瞭解菲力茲，她動員了所有的記憶，重現了所有能夠回想起的細節。

爺頭在稍遠處打量菲力茲後，走到菲力茲面前，定睛細看著。琵琵無法從他的臉上看出任何感情。

琵琵覺得胃一下子縮緊，有什麼熱熱的東西從喉嚨深處湧現。

一陣很長、很長的沉默。

爺頭挺直了身體，緩緩看著琵琵。

琵琵用力吞著口水，等待爺頭的評語。

爺頭那雙圓圓的黑色大眼睛注視著琵琵說：

「不及格，妳要回去原來的世界。」

琵琵覺得眼前一片黑暗。

最終部 ◈ 忘記一切之後

第十五章 返鄉

琵琵站在槓骨前，看著漢德威克街從面前經過。

漆黑的工廠冒著煙，只聽到沒有生命力的機械轉動聲。轟轟的聲音好像是怪物睡覺時發出的呼吸聲。

以後再也無法走這條路了。

也無法在亞細德加工廠工作了。

結束匠人考試之後的記憶斷斷續續，她不記得自己衝出爺頭的房間後，什麼時候睡覺，又如何迎接了早晨的到來。

爺頭的聲音一直在她耳邊迴盪。

不及格，妳要回去原來的世界。

懊惱、後悔和絕望像海浪般不斷湧現。

到底哪個部分有缺失？

外公想要把什麼託付給我……？

槓骨周圍空無一人。

甚至聽不到來這裡覓食的鳥啼聲，第一次來到這裡時的熱鬧景象彷彿是遙遠的過去。

琵琵手上抱著用油紙包起來的菲力茲。她已經產生了感情的工作服、靴子和皮包都無法帶回家。

琵琵目送匠人街遠去，面對了通往那個世界的入口。

就是她第一次來到這個世界時經過的三角形空間。

她經過光的入口，走進了像教堂般的空間。只要沿著又長又黑的樓梯一直往上走，就可以回到卡雷恩市。

她不知道自己離開的這段期間，那個世界變成了什麼樣子。

不知道爸爸和媽媽會露出怎樣的表情？不知道自己去學校時要露出怎樣的表情？又要面對孤單一人的生活了嗎？

天花板很高的空間內，只聽到琵琵的腳步聲。

「看來問題很複雜。」

琵琵聽到一個熟悉的聲音，忍不住停下了腳步。

在那個世界和這個世界——連結這兩個世界通道上，滋奇坐在那兩張面對面椅子中的其中一張。

「滋奇先生。」

「喔，嗯，妳坐下吧。」

滋奇向她招手，指著眼前的椅子。

琵琵坐在離滋奇不遠的對面那張椅子上，垂下了頭。

「我沒有通過……匠人考試。」

滋奇看著琵琵。

「妳昨天沒有寫日誌，我不是叫妳每天晚上都要寫嗎？」

考試的前一天，你也沒有回覆啊……琵琵原本想這麼說。

「對不起……」

最後，她只能說出這幾個字。

滋奇沉默不語。

「滋奇先生。」

「什麼事？」

「我到底……哪裡有缺失？」

琵琵無法再克制內心壓抑的感情。

「我按照你教我的方式整理整頓，也按照爺頭的指示，思考外公想要向我傳達什麼，而且也回想起外公去世時的事……」

一股熱流湧向喉嚨。

「菲力茲也可以活動了，更何況……」

滋奇仍然看著前方。

「爺頭……根本不知道菲力茲原本是什麼樣子。」

琵琵的淚水順著臉頰流了下來。

她知道自己說的話有多麼任性。

是因爲想要相信努力會有回報嗎？不是。

是對自己的手藝很有自信嗎？應該也不是。

琵琵只是希望得到他們兩個人的認同。

之後想說的話被嗚咽吞噬，所以無法說出口。淚水不停地流，琵琵哇哇大哭，跌坐在地上。

「琵琵。」

滋奇開了口。

「嗚哇。」

琵琵的腦海一片混亂，無法回答。

「妳接下來要走上很長的階梯，回到那個世界。在這個世界的所見所聞，以及經歷的一切都會從回憶中消失。」

琵琵茫然地抬起頭。

「這裡發生的事、全部……」

「這是這個世界和那個世界之間的規定。」

「怎麼會……」

琵琵再度垂下了頭。

「妳的表情太可怕了。」

滋奇苦笑著，斜眼看著琵琵。

「滋奇先生。」

「什麼事？」

「在我忘記之前……請你告訴我。」

「什麼事？」

「外公想要託付給我的……到底是什麼？」

「我也不知道這個問題的答案。」

「爺頭……」

「他當然知道。如果妳可以回想起這件事，或許就可以及格了，但妳顯然還沒有做到。」

滋奇的話聽起來很冷漠。

「滋奇先生。」

「什麼事?」

琵琵費力地擠出聲音說:

「謝謝……你的照顧。如果當初沒有遇到你,我就不會來這個世界,也無法想起外公去世時的事,更無法把菲力茲修好。在這裡學到的一切……」

我絕對不會忘記——這句話已經到了喉嚨口,但眼淚快要流下來,她抬起了頭。

「能夠遇到你和爺頭,還有大家,能夠在亞細德加工作所工作……我眞的很幸福。」

淚水撲簌簌地從琵琵的眼中流了下來。

「琵琵。」

滋奇起身站在琵琵面前。

「是。」

「這個先交給妳。」

滋奇遞給她封面上刻著『P・S』的皮革封面記事本。

「這是……」

全新的滋記內沒有寫任何字。

琵琵之前寫了好幾十本滋記,記錄了她學到的事和思考的內容。

「這是臨別贈禮,因爲妳不能把這個世界的東西帶走。」

「謝謝——」

琵琵把菲力茲和滋記緊緊抱在胸前。

「琵琵。」

滋奇看著琵琵的臉，露齒一笑說：

「最重要的就是記憶力。」

滋奇說完這句話，轉身揮著手。

「再見。」

滋奇說完，走向槓骨。

琵琵在原地站了很久。

之前發生的事接連浮現在腦海，塡滿了琵琵小小的身體。

那天晚上，在工房遇見滋奇。然後沿著很長的樓梯往下走，造訪了這個世界。

站在齒輪廣場時看到的景象。走在亞細德加工作所，敲響爺頭辦公室時的記憶。

和托可的談話，以及匠人臉上的笑容。還有蕾蒂・蜜絲・蜜賽絲・馬丹姆的戚風蛋糕的味道。

去玩具博物館時，艾魯涅館長說的話，和米夏一起旅行時的回憶，全都會忘記嗎？

太陽在不知不覺中下了山，暮色和寒冷攜手滲進了建築物中。

琵琵對著空無一人的空間，在內心小聲地說。

「滋奇先生、爺頭、蕾蒂．蜜絲．蜜賽絲．馬丹姆、米夏、梅夏和牧夏、艾魯涅館長、羅諾先生、米雅小姐、托可，還有所有的人……再見。」

琵琵把滋記放進口袋，重新抱緊了菲力茲。

然後，她沿著長長的階梯往上走。

每踏出一步，就覺得在這個世界的回憶輪廓變得模糊、淡薄，她每次都停下腳步，在心裡默默唸著不要忘記……不要忘記……

這段路走得很痛苦。

忘記了不可以忘記的事時的不安，快要想起來，卻又想不起來的痛苦——這兩種感覺交錯出現，幾乎淹沒了她的心。

她好幾次都想要走回去，但兩隻腳好像被階梯吸住般無法動彈，只能不停地往前走。

然後，琵琵忘記了一切。

✿

卡雷恩市的市長室內，中間和左側的黑色男人面對市長。

「終於等到明天了。」

中間的男人露出了冷漠的笑容。

死氣沉沉的數位時鐘報時，目前是上午七點。

「二十九個小時之後……明天，星期天正午，在舉行鐘塔拆除典禮的同時，也要開始拆除凱瑟的工房和舊城區的建築物。」

站在市長室的窗前，可以看到鐘塔周圍已經開始進行拆除典禮的準備工作。拆除業者在鐵製鷹架上走來走去，教堂周圍正在爲剪綵典禮和記者會做準備。

雖然計畫順利進行，但市長感到心浮氣躁。

「爲什麼要這麼急著拆除凱瑟的工房？」

中間的男人勸導說：

「這是爲了完成改革必須做的事。凱瑟．修密特的工房是那些不願放棄過去的匠人的精神支柱。著手拆除工房，有助於讓那些反對派匠人撤退，明天的典禮是絕佳機會……」

市長站了起來，背對著兩個男人小聲嘀咕說：

「這件事操之過急，市民都感到不安。」

「市長不必擔心，只要公佈智慧城市化的具體方案，市長的支持率就會立刻上升。下一次的市長選舉，你也將獲得壓倒性勝利。」

左側的男人敲打著鍵盤，筆電螢幕上出現了下一屆市長選舉的預測圖表。墨勒諾市長的得票率超過半數。

「希望如此……」

「你可以完成你父親無法完成的工作，照理說，這個城市應該在你父親手上獲得重生……墨勒諾市長，繼承你父親的遺志是你的使命。」

「我知道。」

「昨天……我女兒說了一句讓我很難過的話。」

「麗娜小姐……說了什麼？」

「她說，她和我之間沒有任何回憶——」

中間的男人手腕上的四方形手錶閃著藍光。

「市長，恕我失禮一下。」

中間的男人站了起來。

市長想要說什麼，但又把話吞了下去，把頭轉到一旁。

中間的男人走出市長辦公室，把四方形的手錶放在耳邊。

手錶中傳來了右側男人的聲音。

「琵琵回到卡雷恩市了，記憶完全……」

「是嗎……但千萬不能大意。他們一定有什麼原因，才會讓琵琵回到原來的世界。」

「是，我會繼續調查滋奇的目的……」

✡

相同的時刻，在玩具博物館內，少年外形的艾魯涅和米夏、梅夏、牧夏一起躺在巨大的坐墊上。

米夏甩著雙手和雙腳。

「我們都會從……琵琵的回憶中消失嗎？」

「因爲這是這個世界和那個世界之間的規定。」

「米夏好不容易交到一個好朋友……眞是太遺憾了。」

梅夏用毛線織著圍巾，嘆了一口氣。

「但是……爺頭爲什麼不讓琵琵通過匠人考試？琵琵那麼努力。」

牧夏大口咬著蘋果叫道。

「爺頭有爺頭的……考量。」

艾魯涅舉起拐杖，天花板上出現了卡雷恩市的情況。

新城區內，到處都在建造高聳入雲的大樓，高大的起重機好像一群長頸鹿垂著腦袋。

鐘塔周圍搭起了鐵製的鷹架，已經開始爲拆除典禮做準備。

「明天正午，卡雷恩市就要舉行鐘塔拆除典禮，凱瑟的工房也要同時拆除……一旦拆除，通往那個世界的路就會永遠封閉，這個世界也會消失……」

米夏轉頭看著艾魯涅。

「琵琵的外公最後想要修理鐘塔，對不對？」

「對，只是不知道凱瑟如何藉由修理鐘塔拯救兩個世界。」

「爺頭和滋奇無法去那個世界修理嗎？」

「這個世界的人，無法走出凱瑟工房……」

「喔……」

米夏抱著手臂，偏著頭思考。

「我想到了！」

米夏大聲叫了起來，用力甩著雙臂。

「只要琵琵回想起在這個世界的事，把鐘塔修好，不就解決了嗎？」

「恐怕有困難，因爲琵琵在這個世界的回憶全都會消失。」

「這……所以就束手無策了嗎？」

米夏垂頭喪氣，艾魯涅溫柔地把手放在他的肩上。

「但是……滋奇和爺頭或許就是爲了這件事……所以才讓琵琵回去原來的世界。」

梅夏和牧夏互看了一眼。

「啊？所以爺頭才不讓琵琵及格嗎？」

「是爲了讓琵琵……去修鐘塔嗎？」

「但是……修好鐘塔，到底會怎麼樣？」

「不知道琵琵……目前在做什麼？」

天花板上出現了琵琵熟睡的臉龐。

米夏張開一雙小手大叫著——

「琵琵！拜託妳！趕快想起我們！」

第十六章 亞細德加工作所的最後

琵琵躺在床上，緩緩睜開眼睛。

熟悉的天花板，和從窗簾縫隙照進來的陽光。這裡是琵琵熟悉的房間。

她覺得做了一個很長很長的夢。

她覺得好像有人在夢中叫她。這個不可思議的夢似乎很開心，但又似乎很悲傷，

當她醒來的同時，夢境中的一切都消失了。

她坐了起來，揉了揉眼睛，覺得桌子和椅子看起來都是雙重的。那是琵琵上小學時，外公親手為她做的桌椅。

菲力茲伸直雙腿，坐在書桌上。

「菲力茲……早安。」

菲力茲的綠色和藍色的眼睛似乎看著遠方。

樓下飄來濃湯的香味。

她換好衣服走下樓，媽媽正在準備早餐。

「琵琵，早安。」

「早安……媽媽。」

「爸爸爲了明天的準備工作……一早就出門了，所以我也提早做早餐了，我現在就爲妳煎蛋。」

「嗯。」

琵琵坐在桌子旁，把柳橙汁倒進杯子。

「媽媽。」

「什麼事？」

「我做了夢。」

「是嗎？不錯啊，做了什麼夢？」

「我忘記了。」

「太可惜了，不過經常發生這種事，明明做了一個很棒的夢，醒來後卻想不起來了。」

「嗯……」

琵琵從籃子裡拿了麵包，抹了奶油後吃了起來。

「啊……對了對了，琵琵。」

媽媽把荷包蛋裝在盤子裡，脫下圍裙時轉頭對琵琵說：

「外公的工房……今天是最後一天，如果有什麼重要的東西，要記得拿回來。」

「啊？」

「啊什麼？拆除工程明天就要開始了。」

「工程……什麼什麼?」

「妳在說什麼?就是拆除工程啊。妳昨天不是也去了工房嗎?外公的工房要和鐘塔一起拆除。」

琵琵覺得雙腳和腰部都在顫抖。

模糊的記憶漸漸連結起來。

她覺得腳下的世界好像漸漸崩潰。

「明天……幾點?」

「中午十二點。爸爸也會和市長一起上電視,所以也許會在電視上看到爸爸。」

媽媽的話音未落,琵琵就站了起來。

哐咚——椅子倒地,發出了巨大的聲響。

「妳怎麼了?」

「媽媽!工房的鑰匙在哪裡?」

「啊?應該在信箱裡,方便業者可以進入……琵琵,等一下!妳要去哪裡?」

琵琵不顧媽媽在身後叫喊,衝出了家門。

冰冷的風刺痛了臉頰。

新城區有好幾棟正在建造的高樓。卡雷恩市的城牆遺址清晰地浮現在冬日的天空下。

琵琵經過連結新城區和舊城區的橋,前往鐘塔廣場。

被鐵製鷹架包圍的鐘塔宛如被關在牢獄內的巨大動物。

十幾個人舉著反對拆除的牌子和標語，坐在廣場中央，電視臺的攝影記者和警察圍著他們。

記者拿著麥克風，對著攝影機報導。

「明天星期天正午，曾經是卡雷恩市象徵的鐘塔就要開始拆除。有部分市民仍然持續反對以改革之名進行的拆除工程……」

時鐘的時針仍然停在十一點五十九分。

被風吹雨打的聖人、小丑和三隻熊的機械人偶出現在像鐵籠般的鷹架之間。

琵琵的內心起伏不已。

琵琵穿越廣場，沿著匠人街跑向工房。

有好幾家工房都拉下了鐵捲門，路上很冷清。

工房關著遮雨窗，掛著「禁止進入」的牌子。

琵琵從信箱裡拿出鑰匙，打開了門。

灰塵和霉味撲鼻而來，工房內空空蕩蕩，櫃子裡的東西也都清空了。

「外公……」

琵琵覺得好像忘記了什麼重要的事。

她坐在外公以前坐的椅子上，注視著櫃子。

「我好像在這裡遇見了誰……」

琵琵回到家裡，媽媽一臉擔心地等她回家。

琵琵拉著媽媽大喊：

「媽媽，不要拆掉……外公的工房！」

「琵琵……妳在說什麼啊，這件事不是討論過很多次了，已經決定了。重要的東西都送去博物館保管了……這是很光榮的事。」

「媽媽……拜託了，我覺得……好像有什麼重要的東西消失了。」

媽媽不停地搖頭。

「媽媽也有同感，但是……現在不要被回憶束縛，要努力向前走。」

琵琵上樓，回到了自己的房間。

她坐在床上，深深地嘆氣。

她覺得昨天以前的自己，和今天早上之後的自己好像是不同的人。

她看向書桌，發現菲力茲仍然坐在那裡看著遠方，和她早上離開房間時一樣。

「——？」

她在菲力茲的腳下看到一本陌生的皮革封面記事本。

她用手撫摸著封面上刻著的『P．S』。

腦海深處似乎聽到了一個人的聲音。

每天晚上都一定要——

琵琵不知不覺拿起了鉛筆。

她坐在椅子上，翻開記事本，用鉛筆在白紙上寫了起來。

我覺得自己好像忘了什麼事。

外公去世時的事。

我在工房……曾經遇見了誰？

「——！」

琵琵瞪大了眼睛。

因爲記事本左側那一頁出現了左低右高的圓體字。

琵琵，妳忘了在工廠學到的事嗎？

空白頁面上浮現了這一行字。

琵琵全身好像被雷打到。她的頭髮豎了起來，周圍的聲音都消失了。她重新在椅子上坐好，在下一頁的右側寫了一行字。

對不起。請問你是誰？

幾秒鐘後，空白頁面上又淡淡地浮現了新的文字。

妳不必道歉！妳什麼都不知道，但竟然連大名鼎鼎的回憶修理工廠亞細德加工作所的滋奇也不認識！

記憶從琵琵嬌小的身體深處湧現。

每天晚上倒在床上時，就會拚命寫下當天學到的事、思考的事——隔天早晨，收到滋奇回覆時的喜悅——

大滴淚水撲簌簌地流了下來。

『滋奇先生！』

『我不是說了嗎？記憶力最重要。』

『是！這……是怎麼回事？』

『我之前不是告訴過妳！這個記事本，兩本是一組。因為每次回到原來的世界，就把所有的事忘記，任何事都做不了。我之前和凱瑟就是用日誌對話。因為我無法先寫……所以我一直在等妳回想起來。讓我等了這麼久！』

琵琵擦了擦眼淚，笑得整張臉都皺成一團。

『現在沒時間慢慢寫交換日記，我希望妳去做一件事。』

『好！儘管吩咐！』

『明天……在妳那個世界的正午，要舉行鐘塔拆除典禮。凱瑟的工房也──會被拆除。到時候，這裡和那裡，連結這兩個世界的路就會被切斷，不要說亞細德加工作所，這裡的整個世界都會消失。』

滋奇的臉的後方，出現了爺頭的臉。

蕾蒂．蜜絲．蜜賽絲．馬丹姆、羅諾、米雅、托可和其他匠人，艾魯涅和米夏一家，回憶就像在翻書頁一樣，漸漸浮現在腦海。

『我該怎麼做？』

『妳要去鐘塔。凱瑟直到最後一刻，都想要修好鐘塔。雖然基本上已經修理完成，但似乎還少了什麼。怎樣才能讓時鐘重新啟動……琵琵，妳去查清楚。』

『好！』

『沒有時間了，這件事就交給妳了！』

滋奇的回覆到此爲止。

桌上的鐘指向正午。

琵琵把滋記放進口袋，悄悄走下樓梯，以免被媽媽發現，然後跑向鐘塔廣場。

「絕對不能讓亞細德加工作室消失……！」

✲

距離鐘塔拆除典禮還有二十四小時——

黑色代理人都站在槓骨旁。

人數一個又一個增加，很快就淹沒了整個齒輪廣場。在那個世界改革了眾多城市的人都一起聚集在這個世界。

「終於迎接了這一刻——」

中間的男人用嚴肅的聲音說道。

「多虧了各位有志之士不斷努力改革，除了卡雷恩市，世界各地的城市都在持續改變，我們記憶連鎖公司將會進一步成長，但是……我們的計畫並不完善。」

男人轉過頭，看著擠滿了廣場的黑色代理人後，用好像從地底深處發出轟鳴般的聲音吶喊：

「我們靠著消除人們的回憶，支配未來，不斷繁榮，必須趁現在消滅長期以來，阻礙我們計畫的人。」

黑色大軍都露出相同的表情聽著中間那個男人的演說。

「回憶修理工廠——亞細德加工作所只有兩個選擇，如果不願服從我們的支配，就必須在忘卻中消失……」

黑色大軍中紛紛發出同意的聲音，叫喊的聲音很快就像海浪般不斷擴散。

中間的男人心滿意足地環顧整個廣場。

左側男人的手錶不停地閃爍。

「怎麼回事？」

「凱瑟的外孫女……」

「琵琵嗎？她怎麼了？」

「她正前往鐘塔廣場……」

「她想起來了嗎……？她想起了這個世界的事？」

「好像是這樣。」

中間的男人皺起了四方臉。

「是滋奇幹的好事嗎？」

「八成是……」

「他怎麼喚醒琵琵的記憶……」

男人想了一下，然後小聲對左側的男人說：

「立刻派人跟蹤琵琵。」

「是，我們的人已經……」

「要加強教堂的警衛，絕對不能讓琵琵去鐘塔。」

「是。」

「事到如今，他們還想垂死掙扎嗎？」

中間的男人不悅地嘀咕，然後對著黑色大軍張開雙手，用好像地鳴般的聲音說：

「這是我們的大好機會，這次一定要消滅回憶修理工廠！」

擠滿廣場的男人以分毫不差的整齊動作排好了隊。

漢德威克街即將和槓骨相連。

黑色大軍高聲吶喊。

「消滅回憶修理工廠！」

「消滅回憶修理工廠！」

「消滅回憶修理工廠！」

✿

琵琵上氣不接下氣地抬頭看著鐘塔。

原本已經忘記的外公最後身影清楚地浮現在腦海。

琵琵，我這就下去拿菲力茲——

那天晚上，外公想要修理鐘塔，但是，當他想要下來拿琵琵手上的菲力茲時，不小心滑倒了。

反對拆除鐘塔的人和警察在廣場上發生了衝突。

『再過二十四小時，就要開始拆除鐘塔。根據規定，明天正午就要強制驅離各位。』

擴音器發出了刺耳的聲音，反對派的人發出了怒吼。

「什麼規定！」

「這根本是用遊戲草率做出的決定！」

「一旦沒有了鐘塔，這個城市眞的會完蛋！」

教堂的入口遭到封鎖，警察站在那裡，避免反對派的人靠近，所以無法從正門進入。

琵琵閉上眼睛思考。

「對了……」

她的眼前浮現了教堂管理員莫利的臉。

教堂有後門。

琵琵走過正在和反對派的人爭執的警察身旁，跑向教堂後方的管理員小屋。

莫利在小屋前抱著長刷子，駝著背坐在那裡。

「莫利先生！」

琵琵跑了過去，莫利抬起頭，瞪大眼睛看著琵琵。

「琵、琵琵……」

「莫利先生，我想拜託你一件事！請你讓我從後門進入教堂。」

「這……可不行，市長下令，不能讓任何人進入教堂……」

「莫利先生……鐘樓要被拆掉了。」

「對……這個鐘樓一直守護這個城市，現在竟然要拆除，真不知道是怎麼回事，但如果反對，我就會被開除……到時候，我就無處可去了……」

莫利雙眼通紅，抬頭看著頭頂上方。

「莫利先生，外公想要讓時鐘繼續走動。」

「凱、凱瑟他……？」

「對，這個時鐘或許可以繼續走動……」

莫利露出好像想起什麼的表情，大聲叫了起來。

「沒錯！」

「啊？」

「妳說得沒錯！凱瑟想要讓時鐘繼續走動……他每天晚上都從後門……我……」

琵琵握住了莫利的手。

「莫利先生，拜託你把後門打開，我必須完成外公還沒有做完的事！」

莫利覺得有一股電流貫穿身體，他站了起來，從抽屜裡拿出鑰匙，駝著背，走出管理員小屋，繼續繞去教堂後門。

琵琵也追了上去。

長滿青苔的牆壁下方有一道木頭小門，那裡就是後門。

莫利拿起已經生鏽的鎖，把鑰匙插了進去。

嘎答——隨著低沉的聲音，鎖打開了，莫利催著琵琵說：

「快、快進來……趁現在沒有人。」

他抓著鏽跡斑斑的門把。

木門發出嘰嘰嘰的聲音打開了。

「莫利先生，謝謝你！」

琵琵正想鑽進木門時——

「琵琵——」

有人抓住了琵琵的肩膀。

回頭一看，一個身穿黑色西裝的男人低頭看著她。

「你是誰？」

琵琵覺得好像在哪裡看過這個男人的四方臉，但腦袋一片混亂，想不起他是誰。

「琵琵．修密特，我是凱瑟．修密特的老朋友。」

「外公的……？」

「對，這個鐘塔是妳和妳外公有滿滿回憶的地方，我一直在這裡等妳。」

「有滿滿回憶的地方……？」

「對，我是來告訴妳，妳外公留給妳的話。」

「外公留話給我……？」

「妳外公很擔心妳，不知道他離開之後，妳要怎麼活下去……」

「外公……」

淚水模糊、扭曲了男人的身影。

「凱瑟．修密特先生是卡雷恩市引以爲傲的匠人，但是，修密特先生很快發現了時代的變化，知道這個城市必須重生，所以，他也希望妳能夠踏出新的一步。」

「但是我……！」

琵琵從口袋裡拿出滋記，想要向那個男人說明自己打算做什麼。

「——！」

她在最後一頁看到了滋奇寫下了新的留言。

要小心穿黑色西裝的男人——

琵琵想起來了，眼前的男人就是之前去亞細德加工作所的三個男人中的一個。

她立刻想要逃去門口，但男人用力抓住了她的手腕，把她拉了出來。

「你、你要幹什麼？」

莫利想要上前抱住男人，男人毫不留情地把他踹開了。莫利呻吟著，當場蹲在地上。

「莫利先生！」

趴在地上的琵琵翻過身，男人露出冰冷的笑容蹲了下來，把四方形的臉貼近琵琵的鼻子前。

「琵琵……這是妳外公要留給妳的話。」

男人把手放在琵琵的額頭上。

「忘記外公，人生路上要一直向前看——」

琵琵感到渾身無力，腦筋一片空白。滋奇、爺頭、亞細德加工作所的匠人、艾魯涅館長、米夏，以及在鐘塔上低頭看著琵琵的外公，都好像被吸進了霧裡，消失不見了。

男人從琵琵手上搶走了滋記，放在漆黑的西裝內側口袋，轉身離開了。

❁

「怎……怎麼回事？」

羅諾正在亞細德加工作所地下倉庫整理貨品，忍不住抬起了頭。

遠處傳來好像地鳴般的聲音，而且聲音越來越大聲，整家工廠都開始搖晃。

羅諾來不及等電梯，就沿著樓梯衝了上去。

滋奇站在中央大廳。

「滋奇先生……這是什麼聲音……？」

黑色東西在鑲嵌玻璃外蠕動。

羅諾戰戰兢兢地走到門前，打開了大門。

「這是——？」

眼前出現了難以置信的景象。

從亞細德加工作所到漢德威克街——一直到槓骨為止的街道上，都擠滿了黑色代理人，宛如巨大的河流。

「啊！」

羅諾當場癱軟在地上。

黑色河流從齒輪廣場擁有好幾條街道。

成千上萬的黑色代理人好像螞蟻大軍，從緩緩旋轉的槓骨湧向街道，就像電風扇的氣流般，轉眼之間淹沒了街道。

「啊……啊……」

羅諾雙手撐在身後，嚇得不停地後退。

黑色代理人已經來到亞細德加工作所前方的階梯。

那群人從前端開始分成兩部分，一個男人從中間緩緩走上階梯。他就是以前曾經來過這家工廠的三個黑色代理人中，中間的那個男人。

男人露出目中無人的笑容，張開了兩片薄唇。

「滋奇先生，好久不見……請問總監在嗎？」

連滾帶爬的羅諾轉過頭，看到滋奇站在那裡。

「滋奇先生……因為一直沒有收到你的回覆，所以我就來當面請教。」

男人的聲音響徹整家工廠。

滋奇冷笑一聲說：

「哪有什麼回覆不回覆的，我連你叫什麼名字都知道。而且你們每個人都長得一樣，所以我可能以為已經回覆了。」

「那我就再請教一下，你要選擇和我們一起打造新世界，還是要消失在遺忘的彼岸？」

一陣旋風呼嘯而過。

「我想請教你一個問題。」

滋奇用左手打開了打火機，點了一支菸。

「新世界——是什麼？爲無形的東西取一個煞有介事的名字，把別人創造的東西占爲己有，到處說是自己創造的。誤以爲只要破壞傳統，就可以創造新事物。我完全搞不懂這種膚淺的工作到底有什麼意義。」

男人撇著嘴角說：

「因爲一直被過去束縛，所以這個世界才無法越來越好。人們被過去的傷痛困住了，因爲這些心靈創傷而受盡折磨、掙扎。這個世界上發生的衆多悲劇，都是因爲受到過去的束縛。」

「聲稱可以讓世界變得更好是一種傲慢。」

男人露出了冷笑。

「因爲受到過去的束縛，所以無法幸福——」

滋奇吐了一口煙。

「哼，思考自己是幸福或是不幸就是浪費時間，在你們夸夸其談之際，貴公司不是大賺特賺嗎？」

「滋奇先生……你和我們的想法完全不一樣……原本以爲你是優秀的經營者……」

「我至少有自知之明，並不認爲自己優秀……」

兩個人面對面互瞪著對方。

羅諾回頭看著擁到工廠前的大隊人馬。

這個世界擠滿了黑色代理人，一直延伸到地平線的遠方。

「到底……怎麼……」

轟轟……中央大廳響起了齒輪和鋼絲咬合的聲音。

隨著電梯下樓的聲音，電梯門打開了。

「爺頭……！」

爺頭手拿著菸斗，抬頭挺胸站在那裡。

他皺起眼鏡上方的兩道濃眉。

「怎麼那麼吵？」

「爺頭……黑色代理人在外面……」

爺頭沿著大廳走來，只聽到他的腳步聲。

他的眼鏡反射著光，看不到他臉上的表情。

「喔……真是太榮幸了。」

中間的男人無視滋奇的存在，走向爺頭，深深地鞠了一躬。

爺頭叼著菸斗，吐了一大口煙。

「你是誰？」

「總監，很榮幸見到你。」

「不要叫我總監，在這家工廠，沒有人這麼叫我。」

「恕我失禮，我是記憶連鎖公司的代理人，我們沒有明確的名字，專門協助像你這種有才華的人……」

「才華不是輕易掛在嘴上的，而且我也從來不認爲自己有才華。」

爺頭的雙眼靜靜地看著男人。

「請問你有沒有看過我們的提案？」

「那種東西……見面談就行了。」

中間的男人露出了目中無人的笑容。

「爺頭……你和這家工廠的工作眞的太出色了，現在還來得及。你是否願意將工作機械化，消除浪費，和我們一起開拓新世界？」

爺頭露出發自內心感到不愉快的表情。

「無聊透頂！你們把那個世界變得那麼醜陋，欺騙衆人，讓匠人誤入歧途，竟然還敢說這種話！」

「匠人都很滿意，他們在理想的環境內，能夠盡情地專心從事創意工作……」

「輕易原諒自己的人做不了大事。」

男人緩緩巡視著空無一人的工廠說：

「但是，已經沒有人願意追隨你了……」

「與其做那種苟延殘喘的工作，我隨時作好了關廠的心理準備。」

男人收起了臉上的笑容。

「爺頭……你也和滋奇先生的意志相同嗎？」

「因爲我們一路走來，都是兩個人齊心協力。」

爺頭的視線穿越男人，看著滋奇的背影。

「太遺憾了——」

男人恢復了分不清眼睛和嘴巴的臉，轉向門的方向。

「對了……滋奇先生。」

滋奇仍然背對著男人，低頭看著黑色大軍。

「據說你讓凱瑟．修密特的外孫女回到那個世界，試圖讓她修理卡雷恩市的鐘塔……」

羅諾抬起了頭。

「啊？琵琵？」

「你還眞是不好對付，假裝接受了我們的提案，其實是在爭取時間……」

羅諾看了看滋奇，又看向爺頭問：

「這是……怎麼回事？琵琵不是因爲沒有通過匠人考試才回去的嗎？」

「事到如今，即使修好鐘塔也無法改變任何事……很遺憾，我們搶先一步，採取了行動。琵琵已經忘了一切……無法再爲你做任何事了。」

「怎麼會……」

羅諾沮喪地垂下肩膀。

「滋奇先生……你交給琵琵的記事本，也在我們的人手上。雖然琵琵是你最後的希望，但她已經變成了空殼子，再過二十二個小時，你們也都會消失。」

滋奇緩緩轉過頭，抖了腿問：

「可以請教一個問題嗎？」

「什麼問題？」

「你們爲什麼不惜一切代價，想要改變世界？」

「因爲這是我們的使命。」

「使命……？」

滋奇猛然停下了抖動的腳。

中間的男人露出凝望遠方的眼神嘀咕說：

「卡雷恩市應該更早重生……」

男人走向大門。

「當人們遺忘回憶，這個世界也會慢慢消失……但是，像你們這些想要喚醒別人記憶的人必須消失。」

「因爲會影響你們的生意嗎？」

男人沒有回答滋奇的問題。

「二十個小時後，我會再來這裡……如果你們不在此之前接受我們的提案……就可以欣賞你們慢慢從這個世界消失。」

男人說完，被吸入了黑色大軍之中。

羅諾連滾帶爬地跑去關上了工廠的大門。

雖然全身好像凍結般冰冷，但汗水不停地流下來。

「滋奇先生……爺頭……琵琵是因爲這個原因，回到了她原來的世界嗎？」

爺頭用好像湖水般深邃的雙眼注視著滋奇。

「嗯，因爲問題很複雜。」

滋奇用力抓著頭。

「凱瑟去世之後，這個世界的人無法修理卡雷恩市的時鐘，只有那個世界的人有辦法修理……」

爺頭瞇起眼睛小聲嘀咕。

「琵琵克服了凱瑟的死，爲了繼承外公的意志，她必須回去原來的世界。」

羅諾無力地垂下頭。

「但是，琵琵已經忘記了一切……通往那個世界的路即將被封閉。到時候，我們也……」

他紅著雙眼抬起了頭。

「我們就這樣被遺忘嗎？無論在這個世界，還是那個世界……」

「應該是這樣。」

「自從工廠停工之後，我一直在思考……」

「什麼？」

「眞正的幸福……就是自己被人需要。除此以外的幸福，即使得到了，也並不是眞正的幸福。我最害怕被人遺忘。」

滋奇抱著雙臂，用鼻孔噴氣。

「哼！還在說幸福或是不幸這種話，道行就太淺了，那些想讓別人認爲你所說的『除此以外的幸福』就是幸福的傢伙想要消滅我們，眞是天大的諷刺。」

羅諾露出求助的眼神看著滋奇和爺頭。

「爲了讓這個世界繼續存在……不考慮接受他們的要求嗎？」

滋奇斜視著爺頭。

「如果爺頭想這麼做，我可以考慮。」

「怎麼可能！如果要爲這種不斷追求新鮮，追求表面全能感的人工作，我情願從此消失。」

滋奇露齒一笑，雙手扠腰，轉身面對羅諾。

「羅諾，馬丹姆在哪裡？」

「啊？你是問蕾蒂・蜜絲・蜜賽絲・馬丹姆嗎？最近食堂沒事可做，她很早就回房間了……有什麼事嗎？」

「不……沒事，你可以幫我聯繫艾魯涅嗎？」

「館長……？好。」

羅諾跌跌撞撞地跑向辦公室。

爺頭點了菸斗，吐了一大口煙。

「滋奇，看你的表情……似乎還沒有輕言放棄。」

「嗯，問題很複雜。」

鮮紅色的夕陽從天窗照了下來，染紅了他們的臉。

琵琵獨自走在暮色的街頭。

夕陽將卡雷恩市染成一片鮮紅，整座城市好像在燃燒。

琵琵的內心無比暢快。

她覺得現在只要看著前方邁開大步。

忘記外公，人生路上要一直向前看——

黑色代理人說的話變成了外公留下的遺言，深深烙在琵琵的心上。她覺得拆除鐘塔和工房，以及城市煥然一新都是很積極正向的事。

她穿越鐘塔廣場，走過橋，看到有一群女孩子從新城區的主要道路走了過來。

「啊……」

走在正中央的是麗娜。

琵琵感覺自己的心臟膨脹，心跳加速。她垂下雙眼，繼續往前走。

麗娜發現了琵琵，抬起了頭，放鬆了臉上的表情，準備對琵琵說什麼，但隨即似乎在意周圍人的眼光，垂下了眼睛，快步走了過去。

「麗娜……」

琵琵目送著麗娜的背影。

她覺得麗娜的背影似乎比以前小了許多。

琵琵回到自己的房間，打開了一直緊閉的窗戶。

咻——傍晚的冷風吹了過來，鐘塔廣場傳來了警車的鳴笛聲。

琵琵走向書桌，注視著菲力茲。

「菲力茲……我知道了。」

她坐在椅子上，對菲力茲說話。

「我不應該被回憶束縛，人生路上要向前看。這是外公想要傳達給我的話……」

菲力茲露出了悲傷的表情。

「菲力茲……？」

「琵琵！妳回來了嗎？」

廚房傳來媽媽的叫聲。

「爸爸今天也會很晚才回家，我們先吃飯，妳趕快去洗澡！」

「嗯！我這就去！」

琵琵又回頭看著菲力茲。

「人生路上要向前看，這是外公對我的期望。」

牆上的時鐘指向傍晚六點。

距離拆除鐘塔還剩下十八個小時。

＊

那天深夜。

蕾蒂．蜜絲．蜜賽絲．馬丹姆在亞細德加工作所四樓的臥室陷入了沉睡。

從晚上到隔天早上，她在時光繭內慢慢從老婆婆變回少女。

臥室的門無聲地打開了，幾個人影走了進來。

他們是滋奇、小熊米夏和艾魯涅。

米夏小聲地問：

「滋奇……眞的沒問題嗎？因爲大人告訴我，蕾蒂．蜜絲．蜜賽絲．馬丹姆在睡覺時，絕對不可以進來這裡。」

「嗯，問題很複雜。」

「滋奇，你難得找我，我還以爲是什麼事，馬上飛奔過來……你的想法向來都匪夷所思。」

艾魯涅雖然嘴上這麼說，但露出好奇的眼神注視著滋奇。

「你馬上就知道了。」

三個人穿越垂了好幾層的絲綢森林，站在時光繭前。

滋奇的手上拿了一個小型懷錶。

五分鐘、十分鐘、十五分鐘——

滋奇看著懷錶，似乎在等什麼。

「滋奇，怎麼了？你在等什麼？」

嘎答嘎答嘎答嘎答……整個房間開始搖晃。

滋奇開始抖腳。

「喂，滋奇！你發出這麼大的聲音，會把她吵醒……」

米夏拉著滋奇的衣服，但滋奇的腳越抖越厲害，簡直像地震一樣，整個房間都搖晃著。

「啊！」

時光繭內傳來慘叫聲，蜜絲衝了出來。

白色睡裙下，露出一雙像羚羊般的腿。

「怎麼了？地震嗎？米夏……艾魯涅……滋奇？這是怎麼回事？」

「啊呀，她醒了……蜜絲，對不起，我剛才就叫他不要抖……」

米夏慌忙辯解著，滋奇抓著頭，笑著說：

「蜜絲……對不起，有一件事想要拜託妳。」

「什麼事？這個時間吵醒我，想必是很重要的事。」

蜜絲揉著眼睛，瞪著滋奇。

「對。」滋奇把懷錶放在蜜絲面前，「蜜絲，現在……妳是二十七歲三個月又五天。」

「怎麼回事？突然說女人的年紀！」

米夏瞪大眼睛，抬頭看著他們的臉。

「妳用一整晚的時間變回小孩子，在睡覺期間，時間會倒轉，然後擁有當時的記憶……對不對？」

「對啊，艾魯涅……是你告訴滋奇的嗎？」

「對，他突然找我來，然後追根究柢地問了妳所有的事……」

艾魯涅聳了聳肩。

滋奇直視著蜜絲的眼睛問：

「蜜絲，妳還記得……墨勒諾嗎？」

蜜絲頓時變得面無表情。

「當然記得。」

「那天晚上的事也記得嗎？」

「嗯。」

蜜絲的嘴唇微微顫抖。

「我想要拜託妳的不是其他的事……」

「到底是什麼事？」

「我希望妳把那天晚上的事告訴我……也許在妳的記憶中，隱藏了可以解決眼前事態的方法。」

蜜絲聽了滋奇的話，閉上了眼睛。

臥室內陷入漫長的沉默。當蜜絲再度睜開眼睛時，她的雙眼像月光下的湖水般晃動。

「你欠我的這份情要加倍奉還。」

「當然。」

「啊？這是怎麼回事？那天晚上……怎麼樣？趕快告訴我。」

米夏跺著腳說。

蜜絲坐在時光繭上，滋奇和米夏搬來了大坐墊，在她身旁坐了下來。

「以前，當我們還是我現在這個年紀的時候，卡雷恩市的舊城區，曾經發生了一件悲慘的事。」

「蜜絲，妳以前……曾經生活在那個世界，對嗎？」

「我和爺頭、凱瑟都是在卡雷恩市長大，墨勒諾也是。」

「墨勒諾就是卡雷恩市市長的父親吧？」

「爺頭、凱瑟和墨勒諾都是匠人，但之後爆發了戰爭，整個城市毀於一旦。戰爭結束後，大家說要重建已經變成廢墟的卡雷恩市，但是，在卡雷恩市逐漸走上重建之路時，出現了一個傳聞。」

「傳聞？」

「對，在舊城區的某個地區，有些人從很久之前，就一直住在那裡。那個地區的居民把匠人製造的東西賣去其他地方、借錢給別人，但是，有一部分人認爲，卡雷恩市之所以無法富裕，就是因爲那些人榨取了大家的財富。」

滋奇點了一支菸。

「那一部分人的意見起初很小聲，但隨著有越來越多人這麼認爲，他們逐漸壯大，也掌握了市政的實權。這時，就有一身黑衣，自稱爲代理人的出現……」

「代理人……？」

「所以他們就是當時的……」

滋奇吐著煙，用手指按著眉間。

「沒錯，他們聲稱自己的使命是代爲執行眞正的民意。不久之後，提出了拆除舊城區，打造新城市的計畫。墨勒諾就成爲執行這個計畫的負責人。」

「爲什麼？」

「因爲墨勒諾具備了將卡雷恩市的傳統技法和新技術結合的才華。那些代理人看中了他的這種能力，在背後支持他……」

「他和爺頭，還有琵琵的外公是朋友，對不對？」

蜜絲點了點頭。

「那些代理人的目的，是想要統治這座城市，墨勒諾的才華被他們利用了。」

「後來怎麼樣了？」

「舊城區那個地區的人奮力抵抗，因爲他們一直都在這個城市生活，是他們把匠人製造的產品送去世界各地，讓這座城市富裕起來……但是，那些代理人試圖強行拆除舊城區，還謊稱經過投票，多數人都贊成這個決定。」

「這種手法聽起來似曾相識。」

滋奇冷笑一聲。

「不久之後，又出現了新的傳聞，說那個地區的人試圖顛覆卡雷恩市……」

蜜絲抬起了頭。

「於是，就迎接了那個令人難以忘記的夜晚。那天晚上，所有的大街小巷都傳來狗吠聲……」

艾魯涅舉起拐杖，天花板上出現了那天晚上的情景。

✡

那是位在卡雷恩市舊城區深處的廣場。

廣場中央有一口水井，那是舊城區的人聚集的場所。

遠處傳來輪胎擠壓石板路的聲音，廣場上停了好幾輛卡車，載來許多戴著黑色針織帽，用絲巾蒙住臉的男人。

麵包店老闆聽到吵鬧聲，走到屋外察看。

老闆和身穿黑衣的男人不知道在說什麼，但雙方越說越大聲，最後爭吵起來。

呼——

隨著一聲沉悶的聲音，麵包店老闆倒在地上。

接著響起一陣怒吼聲，那些男人闖入每家每戶，把居民拉到廣場上。那些男人手上都拿著黑色手槍。

戴著針織帽的男人踹著麵包店老闆的屍體大聲地說：

「是他先動手！」

另一個男人用沙啞的聲音大聲說：

「你們貪圖財富，壓榨我們。」

又有一個男人高聲地叫喊：

「我們原本想來和你們溝通，但你們似乎並不想談！」

一個跪在石板上的老爺爺用無力的聲音說：

「你們誤會了……我們並沒有……」

「閉嘴！」

另一個男人舉起了步槍。

「這個城市必須重生，阻礙的人必須受到制裁！」

男人激動地把槍口對準了老爺爺的太陽穴。

「等一下！」

一個響亮的聲音撕裂了廣場上的空氣。

有兩個男人站在通往鐘塔廣場的那條道路路口。

其中一人有一頭深棕色頭髮和兩道濃眉，戴著鏡片很厚的眼鏡，睫毛很長，一雙圓圓的眼睛炯炯有神。

另一個有一頭銀髮和一雙藍眼睛，穿了一件有很多口袋的皮背心。

銀髮男人張開原本抿緊的雙唇，用響亮的聲音大聲地說：

「大家都住在同一個城市，不需要這樣針鋒相對！」

濃眉男人看著麵包店老闆的屍體，皺起了眉頭。

「怎麼會發生這種事……？」

然後，他猛然抬起頭說：

「一定有方法可以讓雙方都在這個城市繼續生存！」

看起來像帶頭的針織帽男人走向前說：

「匠人……你們滾開，這裡沒有你們說話的地方。」

銀髮男人氣定神閒地回答：

「這麼做根本沒有任何助益，只會不斷複製仇恨。」

帶頭的男人大聲叫囂：

「卡雷恩市要重生。我們要革命！戰爭雖然結束了，但我們無論再怎麼努力工作，生活都無法改善，但是，這些人靠販賣我們製造的東西，不勞而獲，搶走了我們的利益。」

銀髮男人毅然地回答：

「既然這樣，大家可以攜手重建這座城市。」

反對的人紛紛說：

「我們怎麼可能和他們攜手合作？」

「就是啊！爲了保持卡雷恩市純正的血統，要把這些人趕出去！」

棕髮濃眉的男人向前一步說：

「這條路行不通！」

那群針織帽的男人情緒激動地包圍了那兩個男人。

看起來像是帶頭的男人用低沉的聲音威嚇說：

「你們也是阻礙革命的人，也是……敵人。」

那群針織帽男人撲向那兩個男人，打他們的臉。銀髮男人倒在地上，棕髮男人立刻撲在他身上保護。

十幾個男人圍毆那兩個男人，對他們拳打腳踢。

那些男人變成了暴徒，衝進各家各戶，搶走他們的財物和家具，打破了窗戶。

整個廣場都被打碎的窗戶玻璃淹沒，宛如寶石般閃閃發亮。

身穿黑色西裝的男人一動也不動地看著眼前這一切。

「那兩個人就是爺頭和琵琵的外公，對嗎？」

米夏的淚水從眼睛中流了下來。

「當時，那些男人也是幕後黑手，和這次一樣……」

滋奇小聲地說。

「後來他們兩個人怎麼樣了？」

「凱瑟總算撿回一命，但是……」

蜜絲的嘴唇顫抖，大滴的淚水滴落在地上。

艾魯涅接著說了下去。

「爺頭救了凱瑟一命，然後來到這個世界，創立了亞細德加工作所……」

滋奇走向前一步。

「對不起，讓妳回想起這些痛苦的記憶……但是，我希望妳回想的是在那之後的事。」

「在那之後的事？」

「妳是怎麼來到這個世界的？」

蜜絲按著太陽穴，皺起了眉頭。

「我記不清楚了，當我回過神時，就發現自己和爺頭一起在這家工廠工作。」

「所以，妳也和琵琵一樣，從她外公的工房來到這個世界嗎？」

「不，不是，那時候還沒有凱瑟的工房。」

「那妳是怎麼來到這個世界？」

「妳能不能回想起妳來這裡的路？就是妳目前這個年紀的時候，走過的那條路。」

蜜絲一臉痛苦的表情想了一下，然後垂著頭說：

「對不起……我想不起來。」

「還有另一條路——」

艾魯涅聽了他們的對話後開了口。

「滋奇，你向來……爲了達到目的不擇手段。」

「我也是百般無奈啊。」

米夏看了看滋奇，又看了看艾魯涅，大聲叫了起來。

「這是怎麼回事？另一條路在哪裡？」

艾魯涅摸著米夏的頭說：

「有兩種路可以連結兩個世界，一種是那個世界的回憶變成物品的形狀來這裡的路。」

「就是琵琵走的那條連結凱瑟工房和槓骨的路，對不對？」

「對，以前除了工房以外，很多地方都有相同的路。」

艾魯涅撫摸著米夏的頭。

「那另一條路在哪裡呢？」

滋奇問，艾魯涅深深嘆了一口氣之後回答說：

「就是在那個世界完成使命後來到這個世界的路——那是死者的路。」

「死者的路？」

「對，玩具博物館內都是在那個世界完成了使命的玩具，它們經過死者的路來到這個世界。」

艾魯涅緩緩走到時光繭前面對蜜絲。

蜜絲的嘴唇顫抖著。

「我……」

艾魯涅直視著蜜絲的眼睛。

「妳因爲對爺頭的情感……所以來到了這個世界。」

一行淚水從蜜絲的眼中流了下來。

「妳或許有辦法……重新走那一條路。」

「那條路在哪裡？」

米夏抬頭看著他們問。

「在玩具博物館內。」

「既然這樣，我們就可以從那裡去見琵琵了！」

「很困難，因爲卽使去了那個世界，也走不出凱瑟的工房。因爲其他的路都被那些男人封閉了……」

「所以……只能等琵琵去工房嗎？」

「對。」

「工房不是很快就要被拆除了嗎？也不知道琵琵在拆除之前，會不會再去工房……」

米夏抱著雙臂思考後，用拳頭敲了一下手掌。

「對了！可以寫信啊！」

「不行，琵琵已經忘了所有的記憶，即使能夠把信留在那裡，如果她無法想起我們，就沒有意義……」

滋奇吐著煙說。

「記事本也被那些男人搶走了，眞希望有什麼契機可以讓琵琵想起這個世界……」

「唉！到底該怎麼辦？」

米夏用力抓著頭。

「那我去一趟——」

蜜絲用手指擦著眼淚，抬起頭說：

「必須讓琵琵……再次想起我們。」

滋奇站了起來。

「拜託了，只有妳能夠走那條路。」

米夏大聲地問：

「但是，要怎麼去玩具博物館？外面到處都是黑衣男人！」

咚咚……這時，傳來有人敲陽臺窗戶的聲音。

隔著窗簾，可以看到巨大的影子在晃動。

「怎……怎麼回事？那些男人已經來這裡了嗎……？」

米夏戰戰兢兢地走去陽臺，掀開窗簾，看到兩隻收起翅膀的大鷲。

梅夏和牧夏滿臉笑容地站在旁邊。

「梅夏！牧夏！」

梅夏用力抱著米夏，笑著對蜜絲說：

「來，趕快上來，不是沒有時間了嗎？」

牧夏伸出又大又胖的手。

「黑色代理人已經穿越福拉威恩路，很快就會抵達玩具博物館……蜜絲，趕快走吧！」

蜜斯走出時光繭，身上的睡裙飄了起來。

「這是……最後的機會。」

「沒錯。」

滋奇露齒一笑。

米夏好像在向上天祈禱般大叫著：

「琵琵！妳要再去外公的工房！」

距離這個世界消失還剩下八個小時——

第十七章 ⌛ 回憶修理工廠

轟隆轟隆轟隆轟隆……

窗戶玻璃發出了搖晃的聲音，琵琵睜開了眼睛。

巨大的聲響飛越房子的上空。

她拖著沉重的身體走下床，打開窗戶，發現有一直升機從雪花飄舞的灰色天空中飛向鐘塔。

和往常的假日相比，整座城市都很喧鬧，到處都可以看到走向鐘塔廣場的隊伍。

樓梯下方傳來爸爸和媽媽說話的聲音。

「那我出門了。」

「路上小心，快要開始了。」

「嗯，記得把電視的現場直播錄下來。」

客廳的電視中傳來記者的聲音。

『目前是六點四十五分，這裡是卡雷恩電視臺的週日晨間新聞，五個小時後……在今天正午，將舉行曾經成為卡雷恩市象徵的鐘塔拆除典禮……』

琵琵坐在椅子上。

「菲力茲……早安。」

菲力茲露出悲傷的眼神注視著琵琵。

「菲力茲，你怎麼了？有什麼不開心的事嗎？」

琵琵發現自己的心情比昨天沮喪。

她閉上眼睛，試圖回想外公留下來的遺言。

忘記外公——

她想不起接下來那句話。

當她睜開眼睛，發現菲力茲一藍一綠的兩隻眼睛看著自己。

「——？」

她把臉湊到菲力茲的右眼前。

「這不是……菲力茲的眼睛。」

她覺得綠色的眼睛和左側的藍色眼睛不一樣。

綠色眼睛中有小氣泡，而且發出的光線也和左眼不一樣。

噹、噹、噹……

外公留下的掛鐘宣告目前是早晨七點。

「菲力茲……在工房被拆除之前，我們去最後告別。」

琵琵把菲力茲放進書包，走出了家門。

媽媽專心看著電視，沒有發現琵琵出門了。

通往鐘塔廣場的橋上大排長龍。

卡雷恩河上停著船隻，露臺上排放著鋪了白色桌布的桌子，準備觀賞鐘塔拆除典禮。

鐘塔旁搭著鐵架，周圍停了好幾輛卡車，還有警車和消防車。琵琵穿越了擠滿等待觀賞典禮人潮的廣場，跑向匠人街。

幾乎所有的工廠都拉下了鐵捲門，路上冷冷清清。

外公的工房被柵欄圍了起來，大門上貼了一張紙。

禁止進入。

本建築物將於本日正午舉行拆除工程。

周圍沒有人。

琵琵從柵欄的縫隙中鑽了進去。

門沒有鎖。

她走進工房，打開了電燈的開關，但電源似乎被切斷了。

一步、兩步。她睜大眼睛，走在昏暗的工房內。

「——？」

琵琵聞到了一股無人的工房內不可能出現的香味。

「這是……？」

外公的工作桌上放著藍白雙色的餐桌紗罩。

工作桌和紗罩之間夾了一個牛皮紙信封。

「這是什麼？」

琵琵拿起了紗罩。

白色的餐盤上，有一塊很大的戚風蛋糕。

琵琵滿嘴都是口水。

濃郁的蜂蜜香氣和金黃色的蛋糕飄出的小麥香氣讓她幾乎暈眩。

她把信封翻了過來，打開花瓣圖案的封口，裡面裝的是櫻花色的信紙。

琵琵用顫抖的手打開信紙，迅速看著上面的內容。

琵琵，既然妳在看這封信，就代表妳來到工房了。

雖然想要慢慢說分明，但沒有時間了，所以用寫信的方式告訴妳。

妳趕快去卡雷恩市的鐘塔，完成凱瑟最後的工作。

滋奇、爺頭、羅諾、米雅、艾魯涅，還有米夏、梅夏、牧夏，亞細德加工作所的所有人，都祈禱可以再次見到妳。

蕾蒂・蜜絲・蜜賽絲・馬丹姆

「蕾蒂・蜜絲・蜜賽絲・馬丹姆……？」

琵琵坐在椅子上。

她吞著口水，肚子發出咕咕的叫聲。

不認識的人寫信給自己，還送來了蛋糕……但不知道爲什麼，她無法克制想要吃蛋糕的想法。

她拿起叉子，把蛋糕送進嘴裡。甜甜的小麥香氣撲鼻而來，蜂蜜的甜味從舌頭衝向喉嚨深處。

琵琵閉上了眼睛。

熟悉的味道在嘴裡擴散，每咬一口，昏暗的工房就漸漸變成色彩鮮明的世界。

她的眼前出現了有很多桌子的食堂。

身穿藍色、黃色和紅色工作服的匠人都面帶笑容看著琵琵。

走出食堂，來到有一個大電梯的大廳。

羅諾和米雅，還有匠人在琵琵面前走來走去。

搭電梯上樓後，看到匠人都坐在工作桌前，鐵鎚和鑽孔機的聲音不絕於耳。

滋奇在金魚缸內抖著腳，走來走去整理資料。

馬丹姆緩緩走在走廊上的背影，和爺頭吸著菸斗，坐在工作桌前的側臉——

琵琵把最後一口吞了下去，深深地嘆了一口氣。

在那個世界發生的事、遇到的人，和在亞細德加工作所學到的事，都清晰地浮現在她的內心。

「我不能……忘記外公。」

琵琵站了起來，環顧工房後小聲嘀咕。

「人生路上光是一直向前看還不行，無論是高興的事還是悲傷的事，都要好好呵護，讓它們變成美麗的回憶……」

她站了起來，背起書包，抬起了頭。

「菲力茲，我們走，我們去完成外公最後的工作。」

距離正午還剩下四個小時——

朝陽升起，照亮了從槓骨到漢德威克街。

亞細德加工作所周圍都站滿了黑衣男人，簡直就像是原本美麗的風景畫都被塗上了黑色的顏料。

羅諾在亞細德加工作所的大門前，看著那些黑壓壓的大軍。

他的眼前出現了可怕的景象。

從槓骨延伸的好幾條路都消失了，從槓骨通往工廠的漢德威克街輪廓也漸漸模糊起來。

滋奇站在羅諾身旁。

「時間差不多了。」

「滋奇先生……你剛才去了哪裡？你看！槓骨……漢德威克街慢慢消失了……這家工廠也……」

「嗯……問題很複雜。」

「爺頭呢？」

「在他自己的辦公室。他應該到最後一刻，都會坐在自己的桌前。」

「其他人呢？」

「都和爺頭在一起。」

羅諾無力地嘀咕說：

「滋奇先生……這次眞的、完蛋了……」

「無能爲力的事就無能爲力，有辦法解決的事就會解決。」

「滋奇先生……咦！」

黑色大軍的前端散開，中間的男人沿著階梯走上來。

男人站在大門前，從容不迫地巡視工廠，瞇起了好像傷口般的眼睛。

滋奇邁著外八字的雙腳，迎向那個男人。

「滋奇先生……你的心意改變了嗎？」

「爺頭和我向來都很頑固……爺頭認爲只要有手藝和工具就足夠了。」

滋奇事不關己，輕描淡寫地回答。

男人露出冰冷的笑容，惡狠狠地說：

「太遺憾了——」

然後恢復了原本的面無表情。

「那就來慢慢欣賞亞細德加工作所從這個世界消失的樣子……」

男人轉過頭，張開雙手叫了起來。

「消滅回憶修理工廠！」

黑色大軍大聲高喊著。

「消滅回憶修理工廠！」

「消滅回憶修理工廠！」

「消滅回憶修理工廠！」

✿

距離拆除鐘塔典禮還剩下兩個小時——

琵琵跑向鐘塔廣場，嘴裡不停地吐著白氣。

石板上積了薄薄一層雪，她好幾次都差一點跌倒，但似乎有一股無形的力量在背後推著她。

如今，她可以清楚回想起外公的身影從鐘塔上消失時的事。

外公想要修理卡雷恩市已經停擺的時鐘，結果不小心在黑暗中滑倒了。

只要去鐘塔，或許就可以知道外公最後想要幹什麼，也許就可以保護那個世界和亞細德加工作所——

廣場上擠滿了看熱鬧的民眾和媒體記者，大家都想親眼目睹鐘塔拆除的情況。

琵琵在人群中鑽來鑽去，來到了教堂門口。

教堂門口拉起了封鎖線，警察守在那裡。

「拜託……請讓我進去！」

琵琵抓著封鎖線，探出身體大喊著。

警察露出驚訝的表情後，冷冷地說：

「妳在說什麼……怎麼可能讓妳進去？沒有市長的許可，任何人都不可以進入鐘塔。這裡很危險，妳趕快退後！」

琵琵被人群推擠著，來到了教堂的後門。她原本打算再次拜託管理員莫利，讓她從後門進去。

但是，莫利不在管理員小屋內，木門前掛著鎖。

「怎麼……」

她想走去廣場時，看到墨勒諾市長和爸爸出現在市政廳的頂樓。

「爸爸！」

她的叫聲被在空中飛行的直升機巨大的聲音淹沒了。

市長一臉滿意地看著廣場，電視臺的工作人員站在市長身後，正在為現場轉播做準備。

「只要拜託爸爸……」

琵琵閃過這個念頭，但又覺得即使爸爸答應自己的要求，墨勒諾市長也不會同意。

「我想到了……！」

琵琵轉身跑了起來。

✡

墨勒諾市長的住家位在新城區摩天公寓大廈的頂樓。

一樓是像飯店一樣的櫃檯，接待人員正拿著智慧型手機打發時間。

「不好意思！我要去墨勒諾的家。」

「市長早就去市政廳了，因爲十二點就要舉行拆除鐘塔的典禮了。」

「不是，我不是要找市長……」

「很抱歉，我不能讓妳去頂樓。」

接待人員低頭看著手機，搖了搖頭，但隨卽發現有人出現在琵琵身後，立刻擠出笑容說：

「小姐，路上小心。」

琵琵回頭一看，發現麗娜站在那裡。

「琵琵……妳在這裡幹嘛？」

「麗娜……」

麗娜原本臉色紅潤，也很漂亮開朗，如今臉色蒼白憔悴，手上抱著平板電腦，教科書和參考書從肩上的背包中露了出來。

琵琵猶豫了一下，然後跑向麗娜。

「麗娜……我想拜託妳一件事！」

麗娜瞪大了眼睛，然後露出緊張的神情。

「什麼事？為什麼突然來拜託我？我等一下要去補習班上課。」

「請妳要求市長……妳爸爸不要拆掉鐘塔！」

「妳在說什麼啊？我怎麼可能有辦法做到？」

「但是，必須這麼做。」

「我說了也沒用，爸爸對我說的話根本沒興趣。」

「沒這回事，市長不是妳的爸爸嗎？」

「他就只是我的爸爸而已，他根本不瞭解我。」

麗娜露出痛苦的表情，然後把頭轉向一旁。

「麗娜……妳要把這些話告訴爸爸。」

「說了也沒用，所以我才不說！」

麗娜大聲叫了起來。

琵琵上前一步說：

「不，妳錯了。」

「什麼錯了？」

「我以前也這麼想，覺得沒有人瞭解我。但是，我在一個地方工作後，學到了很多事，也瞭解到必須鼓起勇氣，把自己的想法說出來，必須試了之後才知道……」

「啊？妳去一個地方工作？在哪裡？」

「修理我們回憶的地方……」

「琵琵……妳還好嗎？是不是妳外公去世之後，腦筋出了問題？」

「麗娜！」

琵琵拉著麗娜的手。

「妳不要害怕！如果不把自己的想法說出來，別人就不可能瞭解！我之前很喜歡妳，想和妳一起玩，但是……我不敢說出口。」

麗娜的嘴唇顫抖起來。

「琵琵，我……我之前對妳很壞……」

淚水從琵琵的眼睛中流了下來。

「沒關係！我把菲力茲……修好了。」

琵琵從書包裡拿出菲力茲，臉皺成一團笑了起來。

麗娜那雙長睫毛的大眼睛也流下了一行淚水。

「我也……很想和妳一起玩，但爸爸說不可以和妳玩。因爲以前爺爺和妳的外公吵架……爸爸一直爲這件事很生氣……」

琵琵緊緊握住麗娜的手。

「不管是好的回憶還是不愉快的回憶，都不能封閉在內心，必須整理整頓，好好面對，把它們變成美好的回憶。」

麗娜擦著眼淚笑了起來。

「什麼整理整頓？」

「的確……聽起來好像要打掃。」

「對啊。」

琵琵直視著麗娜的眼睛說：

「麗娜，我要拜託妳一件事。我必須去做一件事，妳可以和我一起來嗎？」

麗娜看著琵琵的眼睛點了點頭，兩個人跑了出去。

櫃檯的接待人員一臉納悶地看著她們，搞不懂她們到底在哭還是在笑，到底是在吵架還是和好。

✲

滋奇和羅諾走出電梯，推開了爺頭辦公室的門。

爺頭坐在工作桌前，默默地寫著什麼。

蕾蒂、艾魯涅、米夏、梅夏和牧夏也都在。

「要趕快……逃離這裡……」

羅諾小聲說著，看著所有人的臉。

梅夏摸著鷲的羽毛，低著頭說：

「已經無處可逃了……」

牧夏輕輕摟住了她的肩膀。

「這次完蛋了……我們就只能、在這裡……」

羅諾無力地垂下肩膀。

米夏從沙發上跳下來大聲說：

「還沒有完蛋！因爲蕾蒂的努力，琵琵想起了很多事！琵琵一定……可以把鐘塔修好！」

「但是……即使可以修好鐘塔又怎麼樣呢？改革已經推動，一旦凱瑟的工房被拆除，去那個世界的路也被封閉。時鐘重新走動，到底有多大的意義……」

爺頭繼續寫字，靜靜地說：

「這不是……有沒有意義的問題。卡雷恩市的時鐘再度走動——這是凱瑟的意志，琵琵繼承了凱瑟的意志。」

蕾蒂甩著雙腳嘀咕說：

「離正午還有三十分鐘……爺頭，你從剛才就一直忙不停，到底在幹什麼？」

「我在工作。」

「眞受不了！這種時候還工作，是不是有問題？」

「凱瑟也工作到最後一刻。」

爺頭抬起頭，大聲笑了起來。

靠在沙發上的艾魯涅一臉好奇的表情注視著滋奇的臉。

「滋奇，接下來該怎麼辦？」

滋奇從口袋裡拿出打火機，點了一支菸。

「艾魯涅，可不可以讓我們看一下那個世界的情況？」

✡

「距離典禮還有三十分鐘，我們差不多該開始了？」

琵琵的爸爸問卡雷恩電視臺的導播。

滿臉鬍子的肥胖導播用手指向攝影師和記者做了ＯＫ的動作表示同意。看起來很神經質的乾瘦製作人正在大聲打電話。

黑色代理人之一——右側的男人也在一旁。

墨勒諾市長扣好西裝扣子，站在窗前。

「終於要開始了……只要拆除鐘塔的新聞在全國播出，就可以進一步打響卡雷恩市的名聲。」

「市長，請你再往右一點……要站在可以看到鐘塔的角度。」

攝影師確認著螢幕，請市長調整站立的位置。

廣場上擠滿了媒體的攝影機和民眾，直升機的聲音不絕於耳。

「這裡嗎？」

「再……過去一點……嗯？」

攝影師發出了奇怪的聲音。

「怎麼了？」

市長皺起了眉頭。

「咦……」

琵琵的爸爸從市政廳的窗戶探出身體，注視著攝影師手指的方向。

廣場上發生了令人難以置信的事。

「琵琵……！」

琵琵和市長的女兒麗娜，以及全市的兒童都手牽著手，一步一步向教堂前進。

圍觀的民眾向左右兩側散開，看著小孩子的隊伍前進。

守在教堂前的記者和攝影師跑到這些小孩子面前，舉起了攝影機。

「怎麼了？」

市長從琵琵爸爸身後探出頭，瞪大眼睛叫了起來：

「那不是麗娜嗎！她怎麼會在那裡……！」

「喂喂，那是怎麼回事？收視率會被其他電視臺搶走……」

製作人把市長室的電視轉到了其他頻道。

螢幕上出現了琵琵、麗娜和其他孩子的臉。

「麗娜爲什麼……修密特，麗娜旁邊的是？」

「是琵琵……是我的女兒！」

「到底……發生了什麼事！」

市長室內一片嘩然。

黑色代理人衝出市長室，跑向電梯廳。

女記者拿著麥克風，走向小孩子的隊伍。

「你們在幹什麼？」

那些孩子仍然拉著手，停下了腳步。

「拜託你們！請不要拆掉鐘塔！」

麗娜高亢的聲音響徹整個廣場，廣場上一陣驚呼。

市長張大了嘴，下巴幾乎都快掉到地上了，然後嘆了一口氣。

「麗娜……」

市長衝到窗前，探出身體大聲叫了起來。

「麗娜！妳在那裡幹什麼？趕快回家去。」

民眾和媒體記者發現了市長，紛紛把攝影機和手機對著市政廳，電視和手機螢幕上都出現了市長亂了方寸的臉。

麗娜抬頭看著市政廳大聲地說：

「爸爸！讓我們進去教堂！琵琵……琵琵要去做重要的事！」

麗娜的眼中滿是淚水。

「妳在說什麼？典禮馬上要開始了……那裡很危險，妳趕快離開那裡！」

「不要！我不要再聽爸爸的話！」

「妳說什麼……？」

「改革之後，爸爸和媽媽，還有卡雷恩市的所有人都變得很奇怪……爸爸，拜託你！趕快變回以前的樣子！」

市長說不出話，民眾紛紛舉起了相機。

拍照的聲音好像漣漪般擴散，整個卡雷恩市的電視、電腦和手機螢幕上，都出現了墨勒諾市長和麗娜的身影。

琵琵矮小的身體顫抖著，走到麗娜的身旁。

「爸爸！外公想要修時鐘，這個時鐘還可以走動！所以……讓我進去！」

「琵琵，妳在說什麼？那裡很危險，妳趕快離開！」

一群警察走上前，準備包圍這些孩子。

廣場頓時陷入了緊張的氣氛，就在這時——

「等、等一下！」

一個駝背的矮小男人搖搖晃晃地擋在警察面前。

他是教堂的管理員莫利。

他把長刷子像長槍一樣舉在手上。

「莫利先生！」

「你……你們敢動這些孩子一根寒毛！我就和你們拚了！」

警察每次想要靠近，莫利就甩著長刷子。

「我、我一直守護這座鐘塔！我、我看得很清楚，大家都受騙上當了，被那些黑衣服的男人騙了。一旦沒有了鐘塔，這個城市就完蛋了！連小孩子都知道這件事，你們竟然不知道嗎？」

「莫利先生……」

琵琵轉頭看向前方，用力握緊了麗娜的手。

那群小孩子再度一步一步走向鐘塔。

原本擠在教堂前的人群爲他們讓出了一條路。

市長室的電話響了。

秘書接起電話後，臉色變得鐵青。

「市長……市政廳的電話全都爆滿了！大家都反對拆除鐘塔……」

「到底發生了什麼事……記憶連鎖公司在搞什麼？」

「他們……從剛才就不見了……」

「呃呃呃。」

琵琵和麗娜，還有其他小孩子都對著攝影機提出訴求。

「不要拆掉鐘塔！」

「不要毀掉這個城市！」

「拜託！讓我進去！」

人群中漸漸出現了支持這些孩子的聲音。

「讓這些孩子進去！」

「不要拆掉鐘塔！」

「難道你們想要玷污神聖的教堂嗎！」

「市長無視市民的心聲嗎？」

不僅在廣場上，整個卡雷恩市都響起了這些聲音。

「好吧……！好吧……」

市長從市政廳的窗戶探出身體，用力向著警察揮手，幾乎快從窗戶掉下去了。

一名大腹便便的中年警察走上前，打開了教堂的門。

麗娜大聲地說：

「琵琵！趕快！」

琵琵背好書包，抬頭看著鐘塔。

「麗娜、莫利先生、大家……謝謝你們！」

琵琵衝進了教堂。

中間的男人看著亞細德加工作所的輪廓漸漸模糊，露出了滿意的表情。準備了多年的計畫即將完美實現。

「回憶修理工廠終於要消失了……」

這時，男人的手錶一個勁地閃爍起來。

「怎麼了？」

手錶的另一端傳來群眾的喊叫聲。

手錶中傳來了右側的男人斷斷續續的大叫聲。

『琵琵……去了鐘塔！』

「你說什麼……？」

『不光是琵琵……市長的女兒，還有一群小孩子……』

「不是奪走了她的記憶嗎！」

『對……的確是。』

「滋奇幹的好事嗎……趕快制止她！」

『但是，現在整個卡雷恩市……不，全國的電視……』

男人的臉變得鐵青。

「無論用什麼方法，都要阻止琵琵！」

『好……我目前正走去教堂的後門——』

右側男人的聲音中斷了。

中間的男人感到不安，難掩內心的慌亂。

他定睛看向亞細德加工作所，看到滋奇站在門口。

「滋奇……事到如今，你又在打什麼鬼主意……？」

滋奇拿著打火機，悠然地抽著菸，看著中間的男人所站的位置。

✿

教堂內部和連結槓骨與工房之間那條路的三角形空間一模一樣。

琵琵在禮拜堂的長椅之間奔跑，經過祭壇旁的小門，衝上石塔內的旋轉石階梯。每踩在一級階梯上，在那個世界學到的事、遇見的人都清楚浮現在眼前。

「我不會忘記！在亞細德加工作所學到的事、滋奇先生和爺頭教我的事，也絕對不會忘記蕾蒂・蜜絲・蜜賽絲・馬丹姆、羅諾先生、米雅小姐、托可、艾魯涅先生、米夏、梅夏、牧夏和所有人……還有外公！」

走完石階後，看到了通往鐘塔的木梯子。

她把書包重新背好，把手放在木梯上。扶手擦得很亮，手好像被吸住了一樣。她從鐘塔地板的出入口探出頭，一陣風吹來，她的頭髮都飛了起來。她雙手把身體撐了起來，打量了周圍的情況。

無數齒輪複雜地交錯在一起，有的齒輪很大，直徑和她的身高差不多，鐘堂有大、中、小三座鐘。

琵琵小心翼翼，不讓身體被風吹走，仔細確認了齒輪、鐘擺和每一個零件。

「沒問題……這個時鐘還可以走動！外公把每一個零件都清理乾淨了……」

銅製的齒輪發出淡淡的光，每個齒輪都加了油。

琵琵在亞細德加學會了工作的基礎，清楚地瞭解每一個零件都相互連動，連結了時鐘的時針。

琵琵，我這就下去拿菲力茲——

外公最後說的這句話在她腦海中響起。

琵琵跑向機械人偶的底座。

從敞開的門可以看到下方的廣場上擠滿了人。

她繞著時鐘，走在底座的巨大圓形軌道上。

底座前端的聖人、小丑和三隻熊似乎在守護琵琵。

她在軌道的最後方，看到兩個凹洞。

她想起了以前和外公一起抬頭看鐘塔時的記憶。

「這裡就是菲力茲的位置……」

琵琵拿下書包，打開了蓋子。

菲力茲抬頭看著琵琵。

「外公……這裡是有菲力茲滿滿回憶的地方，對不對？」

琵琵把菲力茲從書包裡拿了出來。

但是，琵琵沒有發現。

黑色代理人正從她背後慢慢逼近……

✿

墨勒諾市長和琵琵的爸爸撥開人群，趕到了鐘塔下方。

琵琵的媽媽也在那裡。

「老公……琵琵呢？」

「在鐘塔上……」

「爲什麼……爲什麼琵琵……」

「不知道，她只說妳爸爸想要讓時鐘重新走動……」

「爸爸……？」

攝影師和記者都圍住了市長。

「墨勒諾市長！鐘塔不拆了嗎？目前出現了反對將舊城區變成智慧城市的聲浪……」

「市長，請問你的女兒呢？請問你對這些小孩子的意見有什麼想法？」

「整個城市到處都出現了對實施改革的抗議……」

市長嘆著氣，對著琵琵的爸爸大聲地說：

「你女兒幹的好事！」

市長雙眼通紅，肩膀因為憤怒而顫抖。

「爸爸。」

市長轉過頭，看到麗娜站在那裡。

「麗娜……」

麗娜的眼中含著淚水，注視著市長。

「麗娜……妳怎麼了？這一切都是為了妳，為了這個城市的未來所做的事……」

「不是，爸爸，你要做的事……都錯了。」

「妳在說什麼？」

麗娜握緊了小拳頭，直視著市長的眼睛。

「我只是想要像以前一樣，和爸爸一起玩……這個城市也一樣，自從開始改革之後，大家都很焦慮，也變得很忙碌，忘記了歡笑，也忘記了好好享受聊天的樂趣。」

「麗娜……」

「根本不需要什麼改革！大家都覺得像以前那樣，可以在廣場上玩就很幸福！爸爸……求求你變回以前的樣子！」

「我……」

市長雙腿一軟，當場癱坐在地上。

琵琵的媽媽看著這一幕，淚水在眼眶中打轉，把手放在爸爸的肩膀上說：

「老公……好好照顧琵琵。」

「啊？」

媽媽轉身跑了起來。

「喂！妳要去哪裡？」

媽媽對著身後的爸爸大聲回答說：

「我也有……必須要做的事！」

✲

咻——一陣冷風吹進了鐘塔。

琵琵緊緊抱著菲力茲，面對著黑色代理人。

男人露出冷笑，一步一步向琵琵逼近。

「把人偶……交給我。」

琵琵搖了搖頭，退後一步。

哐噹！地板掀了起來，然後被風吹起，掉落在廣場上。

琵琵雙腳用力站穩，對著男人大喊：

「為什麼……你們為什麼要奪走大家的回憶？」

男人一步又一步逼近，露出了目中無人的笑容。

「因爲如果不這麼做，自己就會不幸……」

「不對，和別人比較，嫉妒別人的幸福，也無法讓自己得到幸福。不要奪走別人的回憶，而是要擦亮自己的回憶，才能向前走！」

「看來妳在亞細德加工作所被灌輸了一些無聊的知識，但是，一切都到此爲止。那個世界正在漸漸消失，你們的垂死掙扎也是白費力氣……」

琵琵用力瞪著男人。

「才不會！」

「很可惜，妳依靠的滋奇、爺頭，還有亞細德加工作所的人都不在這裡……」

琵琵抱著菲力茲大喊著：

「他們在！滋奇先生、爺頭和大家，還有外公……都一直在這裡！」

「哼……妳這個小妞還眞是不乾不脆……」

男人想要向琵琵伸出手時——

「……！」

他的臉用力扭曲起來。

然後，他的身體向後仰，抓著自己的胸口。

「這是……怎麼回事！嗚噢噢噢噢。」

琵琵在千鈞一髮之際站穩雙腳，然後從痛苦掙扎的男人身旁跑過去，躲到鐘塔的角落。

男人漆黑的西裝胸口燒了起來，轉眼之間，身體就被地獄之火包圍了。

「嗚噢噢噢噢噢噢！」

琵琵抱著菲力茲，茫然地看著黑色代理人燒成了灰。

一陣強風吹進鐘塔，吹走了變成灰燼的男人。

男人從琵琵手中搶走的皮革封面記事本在剛才站立的位置繼續燃燒。

「滋奇先生……」

琵琵站了起來，雙手高舉著菲力茲。

鐵皮人偶在太陽的照射下，發出神聖的光芒。

琵琵把菲力茲的雙腳牢牢插進了底座的凹洞中。

✲

「怎麼了？發生什麼事了！琵琵呢……鐘塔怎麼樣了？」

中間的男人對著四方形的手錶大叫著，但沒有聽到任何回答。

男人鐵青的臉上滿是汗水。

「到底……發生了什麼……？」

男人抬起頭，看著亞細德加工作所。

滋奇單手拿著打火機，站在工廠門口。

「滋奇……你做了什麼？」

滋奇手上的皮革記事本燒了起來。

✲

鐘塔向周圍發出了金色的光芒。

原本打算衝進教堂的琵琵爸爸、市長、警察、麗娜和其他孩子，還有莫利，都被神聖的光芒吸引了。

人群中，有人叫了起來。

「看啊！時鐘走動了……！」

市長和琵琵的爸爸跑回廣場，抬頭看著鐘塔。

難以置信的事發生了。

停擺已久的時鐘的針竟然緩緩動了起來。

「怎……」

市長向後退了一步、兩步。

時鐘的秒針緩緩而確實地在移動，長針和短針在正午的位置重疊了。

噹。

噹。

噹。

卡雷恩市鐘塔上的時鐘宣告了正午。

一陣歡呼後，寂靜籠罩了整個廣場。

人們抬頭看著鐘塔，豎起耳朵聽著鐘聲。

這個聲音不僅傳遍了卡雷恩市，也傳到了周圍的各個城市。

原本行色匆匆的人們都同時停下了腳步。

原本低頭看手機和筆電的人也都抬起了頭，豎起了耳朵。

卡雷恩市久違的鐘聲透過電視和網路，傳到了世界各地。

機械人偶動了起來，沿著軌道前進。

墨勒諾市長的腦海中，回想起死去的父親。他想起小時候，滿手油汙的父親抱著他的往事，淚水順著臉頰滑了下來。

琵琵爸爸的腦海中，回想起改革之前，帶著年幼的琵琵、媽媽，還有岳父凱瑟一起去郊外玩的往事。

麗娜想起了和琵琵牽著手去凱瑟的工房，一直玩到天黑的往事。

莫利和警察，還有電視臺的記者、小孩子，以及每一位民眾，都回想起各自的美好回憶。

人們抬頭看著鐘塔和繞著鐘塔行進的人偶，他們臉上都帶著笑容，流著淚水，就連經歷了痛苦和悲傷的人，也在內心擦亮了回憶，變成美好的回憶，發出燦爛的光芒。

站在鐘塔上低頭看著廣場的琵琵將視線移到底座的人偶身上。

菲力茲在人偶最後方邊旋轉邊前進，琵琵覺得它的臉上帶著明確的笑容。

✿

就在這時，亞細德加工作所的地下室也發生了異常狀況。

那些被物主遺忘、遭到退貨的人偶和玩具在櫃子裡動了起來。櫃子嘎答嘎答地搖晃起來，玩具都一個一個站了起來。

接著，數百、數千個玩具宛如巨大的潮流，從工廠的地下室湧向地面。

羅諾從陽臺上探出身體大叫著：

「那是……！」

那些玩具形成了大浪，撲向擠滿工廠周圍的黑色代理人，那些男人在轉眼之間，就被玩具的洪水沖走了。

蕾蒂、米夏和艾魯涅從爺頭的房間飛奔到陽臺上。

「發……發生了什麼狀況？」

「保管在地下倉庫的玩具……！」

當人們喚醒記憶後，這些凝聚了物主回憶的玩具也獲得了重生。

「你們看那裡！」

米夏指著楨骨說。

原本漸漸消失的漢德威克街再度出現，楨骨連結的其他道路也一條一條重新出現了。

「琵琵……成功了。」

艾魯涅讓那個世界的狀況映在陽臺的牆壁上。

在卡雷恩市，人們聽著鐘聲，沉浸在各自的回憶中。

勇敢的琵琵站在鐘塔上，滿臉笑容地看著整座城市。

「這到底是……？」

「鐘塔的鐘聲喚醒了卡雷恩市的記憶，凱瑟去世之後，原本似乎失去了希望，但琵琵繼承了凱瑟的意志……」

「這個世界得救了嗎……？」

羅諾雙腿發軟，癱坐在地上。

「太好了！太好了！太好了！琵琵太厲害了！」

米夏跳了起來，牧夏把他抱了起來，坐在自己的肩膀上，梅夏依偎著他們父子。

風吹起了蕾蒂的白色洋裝，她注視著牆上的琵琵。

「琵琵……謝謝妳，下次見面的時候，我要烤最好吃的戚風蛋糕。」

說這句話的蕾蒂不是少女，而是她二十七歲三個月又五天的身影。

艾魯涅一頭長長的白髮被風吹了起來，他的臉上露出了微笑。

「上了年紀眞不錯，回憶越豐富，就覺得未來越美麗。如今又可以期待兩個世界未來的發展了……」

「啊……那是什麼！」

羅諾大叫起來，整個人僵住了。所有人都轉過頭，瞪大了眼睛。

渾身長滿好像蛇一樣觸手的異形，正沿著工作所前方的階梯一級一級走上來。異形的中央是中間那個男人的臉。

「爲……爲什麼……爲什麼……又變成……這樣……」

他發出了好像來自地底深處的呻吟。

「他還眞不死心。」

滋奇甩著脖頸，走到異形面前。

異形掙扎著，想要去抓滋奇的腳。

「我們……只是……要從……榨取我們財富……的人手上……奪回……我們的幸福……而已……」

「既然你還搞不懂，那我就告訴你。」

滋奇低頭看著異形。

黑色男人的臉在異形中央浮現又消失，消失又浮現，發出了氣泡般的聲音。

「幸福不是從別人手上奪取，也不是靠陷害他人能夠得到的，而是做好眼前的每一件事，慢慢就能夠得到幸福。嫉妒別人，想要搶走他人的幸福是最大的不幸。十歲的小女孩都瞭解的事，你們經過幾十年、幾百年都沒有搞懂！」

滋奇高高抬起腿，把黑色男人形成的異形用力踩扁了。

異形濺向四面八方，在石板上留下了黑色污漬，消失得無影無蹤。

滋奇的臉痛苦地扭曲起來。

「好痛、好痛、好痛，我的腰！」

高掛在天空中的太陽照亮了亞細德加工作所。

黑色代理人全都消失了，到處都是人們的美好回憶喚醒的風景。

爺頭放下手上的筆站了起來。

他挺直身體，走到陽臺上，對樓下的滋奇大喊。

「及格了！」

滋奇摸著腰回答說：

「好，我也同意琵琵・修密特成為亞細德加工作所的匠人。」

米夏歡呼起來。

「太好了！琵琵，恭喜妳！」

所有人都歡呼起來，叫著琵琵的名字。

「琵琵！琵琵！琵琵！」

他們的叫聲久久迴盪，好像要傳到卡雷恩市。

琵琵的冒險和學藝的故事就這樣暫時落幕了。

尾聲

琵琵完成了凱瑟・修密特最後的工作，喚醒了那個世界的人的回憶，也徹底改變了這個世界的樣子。

匠人再度回到了亞細德加工作所，工廠開始重建。

托可也在其中。

他向滋奇和爺頭鞠躬道歉。

「我……當時鬼迷心竅。即使借助機械的力量，也一點都沒意思。我覺得這個工作的樂趣，就在於動手和動腦……雖然現在知道這件事，可能太晚了……」

滋奇哼了一聲後笑著說：

「托可……你要從學徒開始重新學習。」

托可露出滿面笑容大聲地說：

「好！請多指教！」

目前的首要任務，就是把那些重拾回憶的人的重要物品都送回到他們手上。

隨著亞細德加工作所修理的物品送回到物主手上，這個世界也漸漸恢復了往日的富足和美麗。

所有的物品都送回到物主手上之後，爺頭開始著手建造新的工廠。爺頭畫的「新亞細德加工作所」的設計圖很夢幻。

這次和玩具博物館合作，整棟建築物既是博物館，也是工廠。

造訪博物館的人可以參觀工廠，匠人也可以在工作的同時玩樂，轉換心情，進而獲得新的靈感。

卡雷恩市也發生了巨大的改變。

鐘塔沒有拆除，舊城區也作爲文化遺產保留了下來。

最令人驚訝的是，墨勒諾市長好像變了一個人似地停止改革，致力於城市的修復和維持。

原本是改革派象徵的墨勒諾市長態度改變，讓原本想要投資卡雷恩市的資本家激烈抵抗，但市長完全沒有讓步。

外界紛紛傳言，市長將在下一次選舉中慘敗，但墨勒諾市長出乎衆人的預期，在選舉中獲得了壓倒性勝利。

再度選墨勒諾市長的卡雷恩市民衆說：

「因爲珍惜過去的人，能夠承認自己犯的錯，進而獲得重生。」

市長任命琵琵的爸爸爲卡雷恩市重生計畫的負責人。

琵琵的爸爸主導的新改革計畫，是在世世代代傳承的匠人技術基礎上，引進新科技，進一步加以發展，傳承給下一個世代。

在廢除原本的改革計畫後，原本以爲資本家收手，經濟會下滑，但市長提出的新政策受到高度好評，各地對卡雷恩的商品需求也大增。

世界各大城市都在以直線上升爲前提的成長策略上遇到了瓶頸，紛紛派調查團造訪卡雷恩市，學習傳統和革新的結合。

凱瑟・修密特的工房也在緊要關頭，避免了遭到拆除的命運。

那一天，琵琵的媽媽跑去工房，趕走了拆除業者，把「禁止進入」的公告改成了以下的內容。

本工房代客修理壞掉的玩具、道具和回憶。

凱瑟・修密特修理工房

琵琵媽媽的內心，也回想起和去世的父親凱瑟之間的美好回憶。

爺頭正式通知琵琵通過了匠人考試。

但是，琵琵才十歲。

滋奇和爺頭討論之後決定，琵琵成爲特例，目前只是暫定匠人，等到她滿十六歲之後，才能正式成爲匠人，在爺頭手下工作。

到時候，琵琵會放棄在卡雷恩市的生活，進入那個世界嗎?當然不是。

這個世界和那個世界之間，需要有人在中間扮演斡旋的角色，人員和物品才能夠順利往來，琵琵承擔起這個角色，在十六歲之前，都會和父母一起生活，然後在外公的工房工作。

小熊米夏也在工房內一起工作。

這是梅夏和牧夏的希望，因爲他們之前就讓米夏在世界各地旅行，讓他學習獨立。米夏成爲對兩個世界而言非常重要的角色，但這件事下次在其他的故事中再說。

琵琵站在連結這個世界和那個世界的三角形空間。

滋奇站在她面前。

「滋奇先生，我會再回來。」

「嗯，希望妳趕快能夠獨當一面，因爲爺頭已經上了年紀。」

滋奇雙手扠腰，露齒笑了起來。

「滋奇先生。」

「什麼事？」

「卡雷恩市的人重拾了回憶，所以亞細德加工作所和這個世界都沒有消失。」

「也可以說……是因爲妳繼承了凱瑟的意志，但妳沒有說是自己的功勞，這種態度值得肯定。」

「是……但是，我有一件事搞不懂。」

「什麼事？妳有話就直說，我最討厭不乾不脆。」

「你是……什麼時候遇到爺頭，來到這個世界？」

滋奇皺起眉頭，抓著頭，開始用力抖腳。

「我之前不是就告訴妳，不要去想一些無關緊要的事嗎？」

「是，但是通往爺頭辦公室走廊上的照片中，有爺頭、外公和麗娜的爺爺，但是並沒有你。」

「嗯。」

滋奇笑了笑說：

「因爲問題很複雜。」

爺頭、蕾蒂．蜜絲．蜜賽絲．馬丹姆、艾魯涅館長，還有米夏、梅夏、牧夏在爺頭的新辦公室看著這一幕。

爺頭的新辦公室和匠人室連在一起，匠人可以自由參觀爺頭的工作情況。

托可和其他匠人雙眼發亮地修理著各種回憶物品。

牆上掛著琵琵在修理菲力茲時，爺頭一直在畫的畫。

那是琵琵流著汗，專心修理菲力茲的樣子。

爺頭在琵琵身旁畫上了凱瑟．修密特的身影。

國家圖書館出版品預行編目資料

回憶修理工廠 / 石井朋彥著；王蘊潔譯 . -- 初版 . -- 臺北市：皇冠文化出版有限公司, 2021.05
面；　公分 . --（皇冠叢書；第 4936 種）(大賞；125)
譯自：思い出の修理工場
ISBN 978-957-33-3720-1（平裝）

861.57　　　110005516

皇冠叢書第4936種
大賞｜125

回憶修理工廠

思い出の修理工場

作　　者—石井朋彥
譯　　者—王蘊潔
發 行 人—平　雲
出版發行—皇冠文化出版有限公司
台北市敦化北路 120 巷 50 號
電話◎ 02-27168888
郵撥帳號◎ 15261516 號
皇冠出版社（香港）有限公司
香港銅鑼灣道 180 號百樂商業中心
19 字樓 1903 室
電話◎ 2529-1778　傳真◎ 2527-0904
總 編 輯—許婷婷
美術設計—單　宇
著作完成日期— 2019 年
初版一刷日期— 2021 年 5 月
初版三刷日期— 2023 年 10 月
法律顧問—王惠光律師

如有破損或裝訂錯誤，請寄回本社更換
讀者服務傳真專線◎ 02-27150507
電腦編號◎ 506125
ISBN ◎ 978-957-33-3720-1
Printed in Taiwan
本書定價◎新台幣 450 元 / 港幣 150 元